Frankenstein in Love

von Nicole Henser

AF186696

Impressum

www.nicole-henser.com
buchdiva@yahoo.de

Cover artist and additional artwork

www.creationwarrior.net
nathie@creationwarrior.net
Bildquellen: Fotolia

Herstellung und Verlag

BoD – Books on Demand, Norderstedt
ISBN: 978-3-7448-7041-2

Inhalt

Gay Romance

Verbrüdert

mit dem

Tod ~

für das

Leben.

Franken
stein
in
Love

Kapitel 1

1892, London

Die Orgel spielte eine schwermütige Melodie und der Duft von Weihrauch schwängerte die Luft. Viktor konnte es gar nicht erwarten, endlich an den offenen Sarg zu treten. Das Scharren vieler Füße störte die Andacht. Aber seine Gedanken weilten ohnehin nicht beim stummen Gebet für die Seele des Verstorbenen. Vielmehr hoffte er, sein hübsches Gesicht mochte unversehrt sein. Es sollte seine Schöpfung zur Vollendung bringen. Die Aufregung griff nach Viktor und nahm ihm fast den Atem.

Er hatte alle Teile beisammen, wenn er heute Nacht in das Mausoleum der angesehenen Familie Chesterfield einbrach. Ein letztes Mal würde er ein Grab schänden, doch zumindest musste er in diesem Fall keine feuchte Erde durchwühlen. Hinter einer polierten Platte mit Inschrift wurde der Totenschrein in einer Nische aufbewahrt. Wichtig war das Werkzeug, um die Schrauben zu lösen. Dazu ein Skalpell und die Knochensäge.

Jonathan war ein junger Adeliger, der es mit der Fuchsjagd übertrieben hatte. Sein Pferd war gestürzt und ein Genickbruch ließ ihn das Zeitliche segnen. Dieser wundervolle junge Mann würde Viktors Geschöpf nicht nur seine Züge verleihen, sondern ihm auch Herz und Verstand geben. Darum war es nur recht, ihn Jon zu nennen. Der Baron sollte leben, wenngleich bescheidener als zuvor.

Wie waren die Wirbel gebrochen? Ließen sie sich

ansetzen an den Teil des Rückgrats, der aus dem Oberkörper seiner Kreatur ragte? Dies erforderte keine Flickschusterei, sondern Viktor konnte das Wissen eines Chirurgen zum Einsatz bringen, das schon lange in ihm schlummerte.

Endlich kam er zu dem aufgebahrten Leichnam in dem massiven Mahagonisarg. Da war er. So schön selbst im Angesicht des Todes. Die Augen geschlossen und das Lächeln der Zufriedenheit auf den Lippen. Man hatte ihn rasiert, obwohl er zu Lebzeiten gern mit stoppeligen Wangen provozierte.

Tränen standen Viktor in den Augen, um den Verlust dieses Menschen zu beklagen. Aber er würde ihn retten. Nur zu gern hätte er den Anzug berührt, der Jonathan so gut kleidete, doch er wurde bereits ungeduldig weitergeschoben. Ein Raunen machte sich breit und verhallte in den Höhen der Kirche. Der Mob wollte sich verabschieden von einem Mann, an dessen Größe er niemals heranreichte. Noch hätte sich der Baron mit einem von ihnen abgegeben. Trotzdem galt es als schick in der untersten Klasse, sich die reichen Toten anzusehen, denn oft gab es eine einfache Mahlzeit zum Leichenschmaus.

Auch in Viktors Bauch nagte der Hunger, er musste sich stärken für sein Vorhaben. Seine geringen Mittel wurden aufgezehrt von den Kosten für die Ausrüstung seines Labors. Und Stangeneis in rauen Mengen.

„Wir sehen uns wieder", flüsterte Viktor. „Schon sehr bald, Jon."

Kapitel 2

Viktor hatte Arzt werden wollen. Dafür besuchte er eine der besten Universitäten in London, doch dann ging ihm nach dem plötzlichen Tod seiner Eltern das Geld aus. Erst versuchte er, sich mit Sezierarbeiten über Wasser zu halten, doch schon bald war er gezwungen, seine Studien aufzugeben. Seitdem hatte er unzählige Menschen aufgeschnitten, um der Ursache ihres Ablebens auf die Spur zu kommen.

„Verbrüdert mit dem Tod – für das Leben", murmelte Viktor vor sich hin, während er den großen Schnitt ansetzte. Er musste dem Mann den Körper öffnen, es war immer dieselbe Routine. Auf diesem Tisch starben seine Träume. Niemals würde er einer Erkrankung auf die Spur kommen oder sonst eine bahnbrechende Entdeckung machen. Aber er konnte der Familie dieses armen Teufels mitteilen, dass er einem Blutgerinnsel im Gehirn zum Opfer gefallen war.

Und doch war Viktor ein Wissenschaftler. Mutig ging er Schritte, die andere nicht wagten. Voller Anmaßung. Er war dem Leben an sich auf der Spur, dem göttlichen Funken.

Jeden Penny steckte er in sein Labor, das er in der kleinen Mansardenwohnung eingerichtet hatte. Er besaß sogar zwei Eisschränke, in denen er die Körperteile lagerte, die ihm zur Gestaltung seiner Schöpfung dienen sollten.

Dieser Mann hier war nicht mit Schönheit gesegnet, aber Viktor hatte Leichen auf dem Seziertisch gehabt, die seine Aufmerksamkeit erregten. Mal war es eine ästhetisch ausgebildete Brustpartie, dann wiederum ein wundervoll geschwungener Hüftknochen. Selbst die Krone der Männlichkeit hatte er nach seinen Wünschen ausgesucht und gewissenhaft herausgetrennt. Der Gedanke, endlich seiner dunklen Leidenschaft nachgeben zu können, brachte sein Herz zum Pochen und die Lenden glühten.

Seine Arbeit erledigte Viktor wie in Trance, er wog die Organe und notierte die Ergebnisse. Es war nichts Außergewöhnliches, denn der Kopf dieses Toten hatte das Geheimnis seines Verscheidens bereits preisgegeben. Und doch musste Viktor jeden Handgriff routiniert ausführen. Das gab seiner Vorstellungskraft Raum für Höhenflüge. Immer wieder musste er an Jon denken.

„Du wirst eine Muse sein, ein perfekter Liebhaber für mich", flüsterte er ergriffen. Er erwartete viel, vielleicht sogar zu viel, aber er wollte an seinen Erfolg glauben.

Viktor erfasste eine Aufregung, die selbst die Fingerspitzen kribbeln ließ. Heute Nacht war der passende Zeitpunkt für die Ausführung seines Plans. Er würde eine große Menge Energie benötigen, um seiner Kreatur zum Leben zu verhelfen. Die Wetterprognose der „Times" hatte von möglichen Unwettern gesprochen. Viktor wollte den Himmel beobachten und die Anzeichen deuten.

Eigens für seine Experimente hatte er den Blitzableiter modifiziert. Schon vor vielen Jahren erfand ein Amerikaner namens Benjamin Franklin das Prinzip. Doch Viktors Vorrichtung leitete die Kraft der Blitze nicht ins Erdreich, sondern bündelte sie und speiste damit seine Apparaturen.

Beherrschbar war diese Naturgewalt nur bedingt, sie barg große Gefahren, aber ihm blieb keine andere Wahl. Es gab große Fortschritte, die Elektrizität gezielt einzusetzen, aber ihm fehlte der Zugang zu diesen physikalischen Errungenschaften.

Er würde bereit sein, wenn ihm die Elemente gnädig gestimmt waren. Vorher musste er noch die wichtigsten Komponenten seiner Schöpfung besorgen. Mit ein wenig Glück würde er es trockenen Fußes zurückschaffen. Voller Spannung sah er seiner schaurigen Mission entgegen.

***

Das Wasser lief Viktor über den Rücken und tropfte ihm von den Augenbrauen ins Gesicht. Leider hatte ihn ein heftiger Guss überrascht, als er mit seiner Beute über die Friedhofsmauer kletterte. Auch der Jutesack, in dem er den Kopf, das Herz und die Lunge des angebeteten Jonathan Chesterfield mit sich trug, war durchnässt. Die beiden Organe bildeten eine Einheit, die über dicke Arterien verbunden war. Viktor hoffte, keine blutige Spur bis zu seinem Haus gelegt zu haben, aber der Regen würde sie wegwaschen. Die Straßen waren wie leer gefegt, die Leute hatten sich in ihren Häusern verkrochen.

Der kräftige Schauer war nur ein Vorbote gewesen. Jetzt musste Viktor sich beeilen. Das Unwetter war bereits in Sicht, es drohte schwarz über den Dächern der umliegenden Bauten. Er hatte noch so viel zu tun.

Als er seine Mansardenwohnung betrat, fühlte er das Summen der Maschinerie, er konnte die elektrisch

9

aufgeladene Luft regelrecht schmecken. Offenbar musste er die Vorrichtung nicht überprüfen, sie hatte die Energie der bisherigen Blitze eingesammelt. Er nahm diese Schwingungen auf und versuchte, seine Aufregung im Zaum zu halten. Der Puls ging viel zu schnell. Wie ein flatternder Vogel.

Viktor begab sich schnell an seinen Seziertisch und befreite Jonathans Kopf von den Tüchern. Gern hätte er sich die Zeit genommen, das blutverschmierte Gesicht zu reinigen, das ihm nun entgegenstarrte, aber es war Eile geboten. Um die fein verästelten Gefäße wieder nutzen zu können, war es notwendig, sie mit Kochsalzlösung zu spülen. Gerade das Hirn musste bis in die kleinsten Kapillaren durchgängig sein, dasselbe galt für die verklebten Lungenbläschen.

Während er die Vorbereitungen durchführte, legte sich seine Nervosität wieder. Alles Weitere benötigte absolute Präzision, er konnte sich keinen falschen Griff leisten. Noch arbeitete er mit totem Gewebe, aber das sollte sich bald ändern. Probehalber streckte er seine Hand aus und beobachtete, wie sie langsam ruhiger wurde.

„Mögen die Mächte der Natur auf unserer Seite sein. Ich darf kein weiteres Mal fehlen, dieses Experiment *muss* einfach gelingen. Es muss!", sagte er laut, um sich nicht so unbedeutend zu fühlen angesichts des Universums. Viktor wollte Großes schaffen! Wenn er gegen solche Gewalten antrat, gab es kein Versagen. Nur seinen Untergang.

Er atmete tief durch und legte sich das Besteck zurecht. Es war keimfrei, denn es kam direkt aus seinem selbst gebauten Sterilisator, den eine Dampfmaschine antrieb. „Nur Mut", murmelte Viktor und begann mit seinem schwierigen Vorhaben.

Den Schnitt zum Abtrennen des Hauptes hatte er im perfekten Winkel geführt, Wirbel und Rückenmark beider Teile fanden zueinander. Voller Andacht setzte er Jonathans Herz und die Lunge ein, verknüpfte sie mit den anderen Organen. Bei Nerven und Blutgefäßen musste er besonders sorgsam vorgehen. Ja, er wäre ein guter Arzt geworden.

Nachdem er alles gereinigt hatte, begann er, von innen nach außen zu vernähen. Diese hohe Kunst hatte er von seiner Großmutter gelernt, als er noch ein Junge gewesen war. Akribisch setzte er die Nähte, verband, was eins werden sollte.

Bereits in der vergangenen Nacht war es seine Aufgabe gewesen, sämtliche Stücke zusammenzufügen, die zum Leib gehörten. Er hatte Ober- und Unterkörper getrennt gelassen, damit er sie noch in den Eisschränken kühlen konnte. Als letzte Tat vor dem großen Moment würde er die beiden Hälften vereinen.

Draußen braute sich ein Inferno zusammen. Immer wieder stoben krachend die Funken von den Kontakten, die er nur noch mit seiner Apparatur verbinden musste. Der Geruch von Ozon breitete sich aus und ein Kribbeln überlief Viktor. Das ganze Labor war wie aufgeladen, während er schnell und gleichmäßig zu arbeiten versuchte.

Wenn es für einen Moment still war, konnte Viktor den Herzschlag in seinen Ohren hören. Die Öllampe leuchtete die Operationsfläche eher unzureichend aus, es war sehr von Vorteil, ein Kenner der menschlichen Anatomie zu sein. Nur seine Finger zitterten von Zeit zu Zeit, doch er musste jetzt selbst funktionieren wie eine Maschine.

Viktor hatte einen einzigen Versuch. Das empfindliche organische Gewebe konnte keinen weiteren Stromstößen standhalten. Er hatte elektrische Widerstände zwischengeschaltet, damit die Wucht des Einschlages gedämpft wurde. Auch dieser Aufbau würde die hohe Spannung nicht überleben.

Fieberhaft arbeitete er Stunde um Stunde. Seine Augen tränten vor Anstrengung, doch er gönnte sich keine Pause. Das Unwetter war noch über der Stadt und er musste fertig sein, bevor es weiterzog. Das Wüten des Sturms ließ bereits nach. Mit beinahe tauben Fingerspitzen setzte er die letzten Nähte. Sie waren blutig. Dann endlich nur noch ein Stich. Den Faden durchtrennt. Die Nadel fiel herunter und verschwand in der Dunkelheit. Vor Erleichterung weinte Viktor.

Es war vollbracht. Seine Kreatur lag vor ihm, so schön, wie er sie sich erdacht hatte. Das Gesicht wie im Schlaf und noch waren die Muskeln schlaff, die Wimpern lagen schwer auf den wundervollen Wangen.

In seiner Einsamkeit hatte Viktor den begehrten Jonathan Chesterfield nur auf der Straße beobachten können, wenn dieser mit seinen reichen Freunden vorbeigeeilt war. Unbeschwert hatten sie herumgealbert, ohne ihn wahrzunehmen. Jetzt sollte der Jüngling zu seinem Gefährten werden. Ausgestattet mit einem kräftigen Körper und einer ausgeprägten Männlichkeit, die Viktor erröten ließ.

Alles, was noch fehlte, war der Saft des Lebens. Er würde Jon geben, was immer er erübrigen konnte. Mit fahrigen Bewegungen holte Viktor die kleine

Pumpe, die ihre Organismen über zwei Schläuche mit dicken Kanülen verbinden würde.

„Welch süße Pein!", rief Viktor aus, als er die Hohlnadel in seiner Vene versenkte. Jeden Schmerz hätte er auf sich genommen, um ans Ziel seiner Wünsche zu gelangen.

Wie viel mochte es sein? Konnte er Jon für den Anfang einen Liter seines Blutes geben, bevor er das Bewusstsein verlor? Oder mehr? Er musste noch ausreichend Kraft besitzen, um den Hebel umzulegen und voll banger Freude zu warten.

Wie theatralisch Viktor doch war, sein Herz ungeübt in dem, was man Liebe nannte. Atemlos malte er sich aus, diese Lippen zu küssen. Es war ihm verboten, seiner Leidenschaft zu folgen, aber Jon war sein Geschöpf. Niemanden hatte zu interessieren, was sie hinter den Mauern der Mansardenwohnung trieben. Einer Absteige gleich, würde sie ihr Geheimnis wahren und zum Schloss aller Schlösser werden.

Ihm schwanden beinahe die Sinne, er musste aufhören, voller Faszination auf die Röhren an der Pumpe zu starren, in denen dunkelrot das Leben floss. Viktor wickelte ein Tuch um seinen Arm, nachdem er die Kanüle entfernt hatte, und verband auch Jons Wunde. Die Essenz würden sie teilen und noch so vieles mehr.

Jeder Kontakt war an seinem Platz, Viktor überprüfte alles mehrfach. Gleich würde Strom durch die Kabel fließen. Mit zitternden Fingern stellte er die Verbindung her. Ein leises Summen signalisiert ihm, dass der Schalter aktiv war. Der nächste Blitz ...

Kapitel 3

Die Leitungen vibrierten und die Szenerie war in ein
unheimliches Lichterspiel getaucht. Das Unwetter war
jetzt direkt über ihnen. Viktor hätte gern mehr Spulen
und schlecht leitende Metalle gehabt, als er bisher
verbaut hatte. Ein Blitz würde nach seinen Berech-
nungen die richtige Spannung erzeugen, aber die Natur war sprunghaft. Was, wenn gleich mehrere Treffer
seine Apparatur außer Gefecht setzen – oder gar
schlimmer –, die volle Ladung dieses filigrane Wesen
treffen würde?

Getöse brach um Viktor herum los, der Winde
heulte um die Dachkante. Rasch eilte er zum Fenster,
um die Eisenkugel zu sehen, die den Blitzen als Ziel
diente. Dann gab es in rascher Folge immer wieder
Einschläge. Ein infernalisches Krachen nach dem
Nächsten. Oh nein! Seine Netzhäute wurden fast ver-
sengt von dem Gleißen. Er konnte im letzten Moment die Lider schließen, aber ein Brennen in den
Augen ließ ihn aufstöhnen. Das Unheil nahm zi-
schend seinen Lauf. Geblendet.

Halb blind sprang er auf seine Apparatur zu, versuchte, die Kontakte zu trennen. Doch es war zu spät!
Über die Liege, auf der sein Geschöpf lag, spannte
sich ein greller Lichtbogen. Viktor konnte nur noch
Schatten wahrnehmen und sah, wie der Körper sich
in konvulsivischen Zuckungen aufbäumte.

„Neeeeiiiiin!", schrie Viktor verzweifelt. Die
Energiewelle schleuderte ihn zurück, er flog durch
den Raum wie eine Puppe. Sein Kopf schlug gegen
einen Balken und explodierte fast vor Schmerz.

Gegen den Sog der Dunkelheit konnte er sich nicht wehren, Schwindel erfasste ihn. Taumelnd wollte er auf die Füße kommen, hatte aber nicht mehr die Kraft, sich zu erheben. Er kämpfte sich noch einmal hoch, dann brach er zusammen.

„Jon!" Diesem wundervollen Mann galt Viktors letzter Gedanke, bevor er im Abgrund versank.

***

Viktor roch verbranntes Fleisch, als er langsam wieder zu sich kam. Was hatte er nur getan? Sein Schädel schien zerplatzen zu wollen und die Augen brannten wie Feuer. Er tastete Blut an der Stirn. Außerdem waren seine Wangen nass, er musste geweint haben. Die Lider fühlten sich geschwollen und verklebt an, sie ließen sich nicht öffnen. Es war, als riebe mit jeder Bewegung rauer Sand über das empfindliche Gewebe. Hatte er sich die Augen verblitzt? Wo befand er sich? Trotz der schmerzenden Wellen in seinem Kopf, musste er an das Schicksal seiner Kreatur denken. Das Experiment war misslungen, die Forschungsarbeit von Jahren zunichtegemacht. So sorgsam hatte er die Teile des Körpers ausgewählt, hatte sich in jeder freien Minute Tagträumen hingegeben, wie es wohl wäre, nicht länger einsam zu sein. Jetzt war sein geliebtes Geschöpf nur mehr ein Sonntagsbraten. Vielleicht kam noch der Verlust seines Augenlichts hinzu.

Mit Gewalt öffnete Viktor die Lider und stöhnte vor Schmerz, der Sehnerv und der Muskel waren überreizt. Doch außer ein wenig hell und dunkel konnte er nichts wahrnehmen. Da war ein Flackern! Hitze schlug ihm entgegen. Feuer!

Mühsam stand er auf, alle Knochen taten ihm weh. Wo waren die Eimer, die das Wasser von den undichten Stellen im Dach auffingen? Wenngleich nichts von seiner Arbeit zu retten war, wollte er doch nicht elendig in seiner Mansarde verbrennen.

Dabei hatte er es verdient. Viktor sollte Jons Los teilen und für seinen erneuten Frevel bezahlen. Es war nicht das erste Mal, dass er die Kräfte des Kosmos' erzürnte. Schon zwei Jahre zuvor hatte er sie herausgefordert und sein erstes Spiel mit dem Funken des Lebens gewagt. Aber Blindheit wäre eine unmenschliche Strafe für ihn, da hätte er auch gleich sterben können.

„Bitte! Bitte lasst mich dies überstehen und gebt mir meine Augen zurück!", rief er händeringend. „Ich werde nicht wieder scheitern! Gewährt mir die Möglichkeit, es richtig zu machen! Diesmal war ich so nahe dran, den Tod zu überwinden!"

An wen er seine dringende Bitte richtete, wusste er nicht. Viktor war kein Prometheus … kein Titan, nur ein unbedeutender Wissenschaftler. Wer sollte sein Flehen erhören?

Nur mühsam orientierte er sich und tastete sich vorwärts. Dann endlich stieß er mit dem Fuß gegen einen der Holzeimer. Doch das war nicht das einzige Geräusch, irgendwo in einem anderen Winkel des Labors klirrte und polterte es. Die Auswirkung der Flammen konnte es nicht sein, soweit hatten sie sich noch nicht ausgebreitet. Es klang, als wäre etwas umgestoßen worden.

Dazu würde Viktor später kommen, jetzt forderte der Brand seine Aufmerksamkeit. Die helle Fläche des Feuers war nicht sehr groß, nur die Nähe zu den elektrischen Gerätschaften konnte eine Gefahr darstellen. Noch immer sprühten Funken, er musste den Hebel wieder umlegen und die ständigen Entladungen abschalten. Aber es war höchst gefährlich, mit den Händen die Kontakte zu berühren.

Wie auch immer, Viktor sollte schnell die lodernde Glut löschen, bevor der Dachstuhl Feuer fing. Er war umgeben von Holz. Blindlings schüttete er den Inhalt des Eimers auf die Stelle, wo er meinte, das Züngeln wahrzunehmen.

Es zischte, als das Wasser das heiße Metall kühlte. Es gab kleine Explosionen und es krachte von der Spannung. Doch zugleich hörte Viktor einen Schrei, ähnlich dem eines Tieres, das sich vor dem Lärm erschreckte und polternd davonstob.

„Bei allen guten Mächten!", rief er aus.

Hatte er es doch geschafft, Jon zu erwecken? Existierte er als Kreatur, die es würdig war, seinen Namen zu tragen? Das Geräusch hatte wenig Menschliches gehabt.

Verzweiflung griff nach Viktors Herzen. Bei seinem ersten Experiment hatte er einem Geschöpf das Leben geschenkt, das einer Bestie glich. Nach der gebückt laufenden Gestalt gehörte es beinahe zu seiner Spezies, aber es litt unter furchtbaren Verwachsungen und konnte sich nicht artikulieren. Mit Tränen in den Augen hatte Viktor es von seinen Qualen erlöst.

Auch diesmal hatte er eine Spritze mit Zyanid aufgezogen und sie für den Notfall deponiert. Es war unüblich, diese Substanz intravenös zu verabreichen, doch es war die schnellste Weise, den Tod auszulösen. Nur war er fast vollständig erblindet und fand sich nicht zurecht. Eher würde er selbst zum Opfer werden, falls das Wesen einen Funken Verstand besaß.

Er weinte, schluchzte beinahe. Ja, Viktor hatte Angst. Sein Atem keuchte und das Herz pochte wild in seiner Brust. Was auch immer er geweckt hatte, er war ihm hilflos ausgeliefert.

***

Viktor hatte sich verkrochen und ein Eckchen gesucht, in dem er hoffentlich nicht so leicht zu finden war. Er wähnte sich in einem Winkel des Raumes, den er nutzte, um Material zu lagern, aber er war nicht sicher. Was ihn dazu brachte, war der reine Selbsterhaltungstrieb.

Die Luft war zum Schneiden, sie war kaum zu atmen durch den Rauch und den Wasserdampf. Es kitzelte in Viktors Hals, aber er durfte nicht husten. Jeder Laut konnte ihn verraten. Er würgte beinahe, als der Reiz übermächtig wurde.

Mittlerweile ging er davon aus, dass sein Erweckungsversuch erfolgreich gewesen war. Jon lebte. Hatte Viktor nicht triumphiert? Der göttliche Funke war einem Unwetter entsprungen, um nach seinem Willen zu handeln. Die Forschung besiegte den Tod durch seine Hände.

Entscheidend war die Frage, in welchem Zustand Jon sich befand. Aber ganz gleich, wie das Ergebnis aussah, sein Geschöpf würde nicht weniger Anpassungsprobleme haben als Viktor selbst. Die Schmerzen in seinen Augen waren ein ständiges Brennen, pulsierende Wellen peinigten seinen Kopf.

Dabei hatte er für Jon da sein wollen. Die plötzliche Blindheit verdeutlichte Viktor, wie schutzlos er sich vorkam, wenn ihm sein Hauptsinn fehlte. Wie sollte sich erst seine Kreatur fühlen, die dem Tod entrissen wurde und alles neu entdecken musste? Doch statt den ersehnten Gefährten in die Arme zu schließen, fürchtete Viktor ihn. Er ließ den Neugeborenen erbärmlich im Stich und bereute sein Versagen.

Leider war Viktor kein Held. Sich unvorbereitet dem Unbekannten zu stellen, war nicht seine Stärke. Er fühlte sich nur sicher, wenn er die Kontrolle über einen Versuch hatte. Zurzeit waren ihm sämtliche Zügel entglitten, am liebsten hätte er sich noch tiefer verkrochen. Als es ganz in seiner Nähe rumpelte, zog er die Decke, die ihn verhüllte, enger um sich. Bei jedem Geräusch fuhr er zusammen, die Arme hatte er fest um sich geschlungen.

Irgendwann war Viktor wohl in einen leichten Schlaf gefallen. Er schreckte hoch. Hatte er eine Berührung gespürt? Angespannt hielt er die Luft an.

Da stupste ihn erneut etwas an. Viktor schluckte hart, denn es war ein Finger, der sein Kinn anhob, um ihm über den kleinen Bart unter der Lippe zu streichen. Jetzt durfte er keine hektische Bewegung machen, wie erstarrt ließ er sich untersuchen und hörte ein leises Schnauben.

Es folgte ein Grunzen, dann ein tiefes Brummen. Erprobte Jon bereits seine Stimmbänder? Das war erstaunlich, denn sein Hirn wurde noch nicht optimal mit Sauerstoff versorgt. Die Blutmenge, die Viktor ihm gegeben hatte, war zu gering. Nur mit Kochsalzlösung gestreckt war es ausreichend, den Organismus notdürftig am Leben zu erhalten. Alle paar Tage würde er ihm mehr spenden, bis der Körper die Bildung von Blut selbst übernahm.

Viktor war Wissenschaftler. Trotz aller Furcht überkam ihn ein ungeheurer Stolz. Vielleicht konnte er mit Jon reden, sobald er seinen Wortschatz wiedergefunden hatte. Nichts wünschte sich Viktor mehr neben der körperlichen Nähe. Doch der Finger verschwand. Plötzlich war er wieder allein.

„Wo bist du hin?", fragte er leise.

Warum er es tat, wusste er nicht so genau, aber er streckte suchend die Hand nach Jon aus. Es wunderte ihn, woher er den Mut nahm. Dafür wummerte es heftig in seiner Brust und ihm wurde heiß. Konnte er seinem Geschöpf vertrauen?

Mit gespitzten Ohren verfolgte Viktor seinen Weg durch das Labor. Als es sich ihm wieder näherte, hielt er erneut den Atem an. Vorsichtig hob er die geschwollenen Lider, so gut es eben ging. Der Schmerz überwältigte ihn fast, als er den Lichtreizen ausgesetzt war. Undeutlich konnte er eine Silhouette ausmachen: Jon saß vor ihm und schien ihn zu betrachten.

Begleitet von einem leisen Stöhnen, schloss Viktor die Augen wieder. Dann spürte er, wie ihm ein nasses Tuch darübergelegt wurde. Die Berührung war sehr behutsam und die Kühlung eine Wohltat.

„Danke", war alles, was er herausbrachte, aber er hätte jubeln können. Dies war ein Mensch, der sein Leid mitempfand und versuchte, ihm zu helfen. Tränen stiegen in Viktor hoch, es wurde eng in seiner Brust. Unfassbar, wie schnell Jon diese Entwicklung vollzog.

„Ich bin Viktor. Dein Name ist Jon." Seine Stimme war rau wie ein Reibeisen, er hatte viel Rauch eingeatmet. Doch noch etwas anderes schnürte ihm die Kehle zu: Demut.

Ganz plötzlich hatte ihn die Erkenntnis getroffen. Er pfuschte dem natürlichen Plan ins Handwerk, aber es war nicht sein Verdienst, ein denkendes und fühlendes Wesen zurück ins Leben geholt zu haben.

Viktor erkannte seinen Fehler und wusste mit einem Mal, warum sein erstes großes Experiment zum Scheitern verurteilt gewesen war. Technisch hatte er den Körper wiederhergestellt, er hätte abzüglich einiger Mängel funktionieren können. Was aber fehlte, war der wahrlich göttliche Funke. Ohne Seele konnte es keine Persönlichkeit geben. Er wusste nicht, was Jon in dieser Nacht getroffen hatte, doch es musste mehr gewesen sein als reine Elektrizität ...

„Danke", murmelte Viktor noch einmal. Ihm war ganz eigenartig zumute. Das Geschenk nahm er voller Ergebenheit an, denn selbst der Wissenschaftler in ihm verstieg sich nicht in dem Glauben, auch nur einen Hauch über die menschliche Seele zu wissen. Bisher hatte niemand ihren Sitz im Körper entschlüsselt.

Als Antwort bekam er ein zustimmendes Grunzen von Jon. Davon ermutigt, tastete Viktor nach seinem Gegenüber. Er schreckte beinahe zurück, als er weiche Haut spürte. Behutsam legte er Jon die Hände auf die nackte Brust, sie war warm und in der Tiefe fühlte er das schnelle Pochen des Herzens. In Viktors Bauch flatterte es verdächtig und sein Puls nahm Fahrt auf. Das Gefühl war unbeschreiblich, es spülte alle Verzweiflung und den Schmerz fort.

Seine Finger wanderten höher zum Hals, erforschten Jons aufgeregt hüpfenden Adamsapfel und das Kinn. Viktor vibrierte in einer drängenden Erwartung, hungerte nach Berührungen. Wie selbstverständlich ließ ihn Jon gewähren, obwohl er hektisch atmete.

Jetzt war Viktor erfüllt von einer neuen Angst, denn er fürchtete, jeden Moment zu weit zu gehen. Trotz seiner schlechten Verfassung klopfte es verlangend in seinen Lenden. Er musste sich zügeln, sie waren noch viel zu weit voneinander entfernt für solche Empfindungen.

Dann erspürte er dieses Gesicht, das ihn mit seiner gnadenlosen Schönheit betört hatte. Obwohl er nur über den Tastsinn verfügte, formte sich ein Bild in seinem Kopf. Die kühn geschwungenen Brauen, die Wangenknochen und der kräftige Kiefer. Zärtlich folgte Viktor den Konturen der Züge. Doch wie gern hätte er den Ausdruck in Jons Augen gesehen.

„Willkommen im Leben", flüsterte Viktor und streichelte über die wundervollen Männerlippen. Erst zuckte nur der Mundwinkel, aber dann lächelte Jon zögernd.

***

Ein Lächeln baute eine Brücke zwischen zwei Menschen. Leider konnte Viktor es nicht sehen, aber seine Fingerspitzen ersetzten ihm zum Teil das Augenlicht. Mit den kühlenden Kompressen würde die Schwellung schnell zurückgehen. Er hoffte inständig, seine Netzhaut konnte sich regenerieren, denn löste sie sich ab, war er unwiederbringlich blind.

Das durfte sich Viktor gar nicht vorstellen, er würde um die Schönheit dieser Welt betrogen. Bei dem Gedanken, keine Sonnenuntergänge mit seinem

Gefährten genießen zu können, schlug ihm das Herz bis in den Hals. Und Jons Gesicht … Konnte das Schicksal so grausam sein?

„Wir brauchen etwas zu essen", sagte Viktor und hielt ihm erneut seine Hand hin. Nur war es diesmal nicht der Versuch, ihn zu spüren, sondern die stumme Bitte, ihm beim Aufstehen zu helfen. Würde er diese Geste verstehen? Jon ergriff ungelenk seine Hand, doch statt ihn hochzuziehen, schüttelte er sie.

„Ich bin auch hocherfreut, dich kennenzulernen." Viktor musste unwillkürlich schmunzeln. Förmlichkeiten sollten nicht zwischen ihnen stehen, darum unterließ er jede Floskel der Anrede. Es war ohnehin fraglich, ob sich Baron Chesterfield an sein altes Leben erinnerte. Aber gewisse Umgangsformen waren Jon trotz allem noch geläufig.

„Bitte bringe mich an den Tisch. Würdest du das für mich tun?" Angespannt wartete Viktor, was geschehen würde. Verstand Jon seine Worte, obwohl er die eigene Sprache noch nicht einsetzen konnte? Unter den gegebenen Umständen durfte Viktor nicht voraussetzen, dass Jon mehr Intelligenz besaß als ein Tier. Er gab ihm jetzt schon Rätsel auf.

Jon machte einen gutturalen Laut und stand auf, dann passierte erst einmal nichts. Hatte er ihm seinen Arm angeboten? Ein wenig unsicher tastete Viktor nach ihm, doch als er mit festem Griff auf die Füße gezogen wurde, schrie er überrascht auf.

„Vielen Dank", beeilte er sich zu sagen. Er hatte nicht damit gerechnet, dass Jon so viel Kraft besaß, zumal er jetzt dringend Nahrung benötigte, nachdem Viktor die Zellen seines Körpers wiederbelebt hatte. War dies alles biologischen Ursprungs oder hatte Magie sein Geschöpf berührt? Viktor war die Geschwindigkeit seiner Regeneration unheimlich.

„Ich habe nur altes Brot und Käse, vielleicht noch einen Kanten Schinken. Das ist kein feudales Mahl, aber es wird uns für den Beginn die Bäuche füllen."

Diesmal hatte er sich bei Jon eingehakt und spürte erfreut den ausgeprägten Armmuskel. Oh bitte, Viktor wollte seinen Leib endlich sehen, die Früchte seiner Arbeit bestaunen. Doch er musste sich gedulden.

Gemeinsam schlurften sie durch das Labor, in dem chaotische Zustände herrschen mussten, aber sie kamen unbeschadet am Tisch an. Das Wetter schien sich beruhigt zu haben und mit ihm die elektrische Anlage, doch es war sicher noch immer dunkel. Wo war die Laterne?

„Nehme Platz."

Zum Glück war das Bündel noch da, Viktor ertastete das Stück Jutestoff, in das er die verbliebenen Nahrungsmittel eingewickelt hatte. Eher ungern überließ er Jon das Messer. Sicher würde er geschickter damit umgehen als er selbst, solange er blind war. Aber Viktors Augen schienen sich zu erholen. Erstaunt nahm er sogar durch die Kompresse wahr, dass ein helles Licht brannte. Das war die Öllampe, die Jon angezündet haben musste.

Er hatte den Docht mit Feuer entfacht. Kein Tier beherrschte solche Fertigkeiten, noch nicht einmal nach langem Training.

„Hab Dank", flüsterte Viktor und nahm den Käse entgegen, den er ihm in die Hand drückte. Dann führte Jon seine Finger zu einem Teller mit Brot, den er vor ihn gestellt hatte. So langsam glaubte Viktor an ein Wunder. Das alles ging nicht mir rechten Dingen zu, zumindest versagte die Wissenschaft bei einer Erklärung.

Nachdenklich kaute Viktor die karge Speise und kam wieder langsam zurück auf den Boden der Tatsachen. Wie sollte er in Zukunft zwei Mäuler stopfen, wenn er den Arbeitsplatz verlor? Ohne sein Augenlicht konnte er weder Leichen sezieren noch Überstunden machen, um die Extrakosten zu decken. Ihm blieb allein die Hoffnung, schnellstmöglich zu genesen.

Offensichtlich war Jon bereits fertig mit seinem Imbiss, er hatte sich ein Stück entfernt und gab verstörende Geräusche von sich. Obwohl Viktors Gehör sich geschärft hatte, irritierten ihn diese Laute und er bemerkte erst spät, dass es Sprechübungen waren.

Allerdings war es nicht die gewohnte englische Sprache, derer Jon sich bediente. Italienisch? Warum in aller Welt versuchte sich sein Geschöpf in fremden Zungen? Wobei Viktor nur wenige Worte geläufig waren – und diese bestanden aus deftigen Flüchen.

Das wurde ihm immer suspekter. In Viktors Kopf wirbelte alles durcheinander, es war schwer, einen klaren Gedanken zu fassen. Doch zumindest fand er eine Kartoffel, die er sehr vorsichtig mit dem Messer zerteilte, um die Kompresse zu ersetzen. Die Stärke würde den Brand herausziehen.

Es war ihm unbegreiflich, was um ihn herum passierte. Leider hatte er mit sich selbst genug zu tun, weil ihm der Schmerz die letzte Kraft raubte. Doch das Pulsieren ließ langsam etwas nach. Erleichtert seufzte er auf.

***

25

Viktor schob sich tastend Richtung Bettstatt. Es gab nichts anderes zu tun, als vielleicht noch ein wenig Schlaf zu bekommen. Von Jon hörte er noch immer Selbstgespräche, aber er hatte sich ein wenig beruhigt.

Vorübergehend hatte Viktor an einen tanzenden Derwisch denken müssen, denn Jons verzweifelte Bemühungen, ganze Wörter herauszubekommen, waren von heftigen Armbewegungen begleitet worden. Für Viktor waren es nur bizarre Schatten, die ihn ängstigten, wenn er versuchte, etwas zu sehen.

Er war dieses Tages müde. Die Anspannung, der Schmerz und die aufwühlenden Ereignisse hatten ihn dünnhäutig werden lassen, er brauchte dringend Erholung.

Noch immer fühlte es sich an, als hätte er Sand unter den Lidern. Damit die Kartoffelscheiben an ihrem Platz blieben, hatte er seine unnützen Augen mit einem Verband umwickelt.

Sein Bett mit Eisenrahmen und einer Strohmatratze bot ihnen beiden Platz, wenn sie eng zusammenrutschten. Aber Viktor legte sich einfach hin, er zog noch nicht einmal die Schuhe aus. Er war das Tier, das sich verkroch und die Welt ausblendete. Sein Kopf hatte kaum das Kissen berührt, da war er schon so gut wie eingeschlafen.

Wenig später fühlte er einen warmen Körper hinter sich, der sich an ihn heranschob. Im Halbschlaf wusste er gar nicht, wie ihm geschah. Viktor genoss die Nähe und dämmerte gleich wieder weg.

„Marco", hörte er an seinem Ohr. Die Stimme war noch leicht brüchig, aber er konnte sie deutlich verstehen. Er schien bereits zu träumen.

Kapitel 4

„Sono morto", formte Marco ungelenk in seiner Muttersprache und hätte beinahe losgehustet, weil es in seinem Hals kratzte. Gerade war er erwacht, aber eigentlich war er tot. Zuletzt hatte ihm in Venedig ein gehörnter Ehemann ein Duell aufgezwungen. Der florentinische Kaufmann hatte gemeint, die Ehre seiner Frau verteidigen zu müssen. Dabei waren es die frivolen Stunden mit seiner Gemahlin nicht wert gewesen.

Leider hatte sein Rivale viel Zeit in seine Schießkünste investiert, darum kostete es Marco das Leben: eine Kugel direkt zwischen die Augen. Seinen Gegner hatte er verfehlt, was die Schmach noch vergrößerte. Sollte er nicht bei den Engeln sein? Wieso lebte er?

Er kannte weder den Mann, der neben ihm lag, noch die Umgebung. Die Einfachheit der Behausung erschreckte ihn. Selbst jenseits der Zeichen von Unordnung und Zerstörung durch das Feuer war deutlich sichtbar, wie ärmlich das Mobiliar war. Keine Brokatstühle, keine samtene Wandbespannung. In welchen Verhältnissen war er nur gelandet?

Marco Dandolo hatte noch nie leben müssen wie der Pöbel. Als jüngster Spross der venezianischen Adelsfamilie waren zwar weder Land noch Titel für ihn übrig geblieben, aber er hatte sich durch seidene Laken geschlafen. Seinem Vergnügen war er immer mit gefüllten Taschen nachgegangen. Musste er für seine Sünden büßen? Wenn dies die Hölle war, gefiel ihm höchstens die Gesellschaft.

„Diavolo bello", flüsterte er und betrachtete seinen Bettgefährten näher, der noch immer tief zu schlafen schien. Die schwarzen Haare trug er im Nacken kurz und etwas länger am Oberkopf. Sein Kinn zierte nur ein kleines Bärtchen unter der Lippe. Das gefiel Marco, er mochte diese ausladenden Schnurrbärte nicht, die jetzt so in Mode waren.

Mit den Kartoffelscheiben auf den Augen wirkte der junge Mann wie eine große Fliege, was Marco schmunzeln ließ. Die Schwellung der geröteten Lider war wohl zurückgegangen. Aber ja, er war ein schöner Teufel, ein wenig schmal auf der Brust, doch mit einem markanten Gesicht und duftendem Haar.

Was war letzte Nacht geschehen? Marco erinnerte sich an Chaos aus Funkenflug und lodernden Flammen, alles war voller Rauch gewesen. In diesem Durcheinander war er einem menschlichen Wesen gefolgt, das blind und verletzt vor ihm weggelaufen war. Sie hatten sich berührt … und Marco hatte ihm die Augen gekühlt. Das war dieser hübsche Bursche. Er hatte Angst gehabt. Vor ihm.

Marcos Blick fiel auf seine Hände und er schnappte entsetzt nach Luft: Dicke wulstige Nähte zogen sich um seine Gelenke, die Finger waren lang und feingliedrig, doch es waren nicht die Seinen. Vorsichtig bewegte er sie und starrte sie fasziniert an. Er sah das Strecken und Beugen, aber er fühlte es nicht, die Spitzen waren taub.

Da waren mehr von diesen Nähten! „Dio mio!"

Sie zogen sich über seine Brust und seinen ganzen Leib. Hatte er einen Unfall gehabt? War er verstümmelt worden? Er war nicht verunglückt, man hatte ihn bei einem Duell erschossen. Kopfschuss! Niemand überlebte solche Verletzungen, das war unmöglich.

Die Medizin vollbrachte wahre Wunder, doch sie hatte ihre Grenzen. Das war wider die Natur! Was ihn wieder zu dem Schluss kommen ließ, tot zu sein.

„Sono un mostro …" Er war ein Monster. Darum hatte ihn dieser bärtige Adonis gefürchtet. Mit einem bangen Gefühl tastete Marco nach seinem Gesicht und ihm blieb fast das Herz stehen. Das war ein Fremder, er kannte diese Züge nicht! Das war nicht sein Körper!

Sein Atem wurde schneller und schneller, doch in seinem Kopf breitete sich ein Gefühl der Leere aus. Dann wurde es dunkel um ihn und er glitt in eine gnädige Ohnmacht.

***

Viktor versuchte, seine Augen zu öffnen, aber er bemerkte, dass es ihm unmöglich war. Die Kartoffelhälften! Es hatte aufgehört zu brennen, also wickelte er behutsam den Verband von seinem Kopf. Er konnte sich kaum bewegen, weil ein Körper über ihm lag. Das musste Jon sein.

„Oder Marco." Fasziniert flüsterte Viktor den Namen. Sein Geschöpf wurde immer mysteriöser. Aber nun hatte er seine Lider von der Bandage befreit und legte die Kartoffeln zur Seite. Die Stärke hatte die Schwellung abklingen lassen und den Schmerz aufgesogen, es fühlte sich gut an. Jetzt konnte er es wagen.

Als er langsam die Augen öffnete, schloss er sie sogleich wieder. Sie waren überaus lichtempfindlich, aber er hatte ein Bild gesehen. Er war nicht länger blind.

Ihm war egal, aus welchem Grund die Tränen

über seine Wangen liefen – Dankbarkeit, Erleichterung, Rührung oder der kurze Eindruck von Jons wunderschönem Gesicht –, er gestattete sich einfach, zu weinen. Viktor überließ sich der reinen Freude, das Augenlicht zurückerlangt zu haben. Nie wieder wollte er etwas hässlich nennen und seinen Anblick gering schätzen.

Überdies würde er nicht länger einsam sein. Er hatte kein niederes Wesen erweckt, Jon war ein Mensch, den er nun kennenlernen konnte. Welches Wunder sich auch immer aufgetan hatte, Viktor hatte bereits gespürt, einen Gefährten gefunden zu haben. Jetzt blieb nur das bange Hoffen, er möge seinen Verstand behalten haben und nicht einem Kleinkinde gleich sein. Das Hirn war das delikateste Organ, doch es war auch am anfälligsten für Störungen.

Schwer war Jon obendrein, denn aus unerfindlichen Gründen hatte er sich quer über ihn gerollt. Es kostete Viktor einiges an Kraft, ihn von sich zu schieben und sich von seinem Gewicht zu befreien. Als Jon vor ihm lag, den Kopf auf das Kissen gebettet, versuchte Viktor erneut, die noch schweren Lider zu heben. Mit einer Hand beschattete er seine Augen und blinzelte.

Der Sehnerv schien noch leicht gereizt zu sein, aber Viktor konnte endlich seine Schöpfung betrachten. Göttlicher Funke hin oder her, er hatte es geschafft, dieser Kreatur Leben einzuhauchen. Perfekt hatte sich sein Können mit einer Macht ergänzt, der er jetzt seinen Forschungsauftrag widmen würde.

Doch zuvor musste er die Vorgänge akribisch aufzeichnen und das Experiment wiederholen, um sein Werk von dem abzugrenzen, was als besondere

Beigabe dazugekommen war. Vielleicht gab es auch dort Gesetzmäßigkeiten ... er musste sie nur entdecken.

Verstohlen schnupperte er an Jons Hals. Der Geruch sprach von einem chemischen Ungleichgewicht, die Prozesse waren noch dabei, sich einzupendeln. Der ganze Organismus wuchs zusammen, er hatte sich auf wundersame Weise bereits verbunden. Schon bald würde alles als Einheit funktionieren.

Viktor traute sich noch nicht so recht, Jon in seiner Gesamtheit anzusehen. In nackter Pracht lag dieser Mann auf seinem Bett, ohne zu wissen, dass er ihn mit seinem Körper erfreute. Das war nicht richtig. Aber noch konnte Viktor ihn mit den Augen eines Arztes betrachten. Interessiert untersuchte er die Nähte.

In der Eile hatte er nicht immer die feinsten Stiche gesetzt, aber das ließ sich mit entsprechender Behandlung der Narben beheben. Die Fäden würde er ohnehin ziehen, sobald die Heilung fortgeschritten war. In den tieferen Schichten zersetzte sich das Material von allein. Diese Operationstechnik war seiner Zeit voraus, Viktor überlegte, sie sich patentieren zu lassen. Nur würde er den benötigten Betrag schwer aufbringen können.

Die Sublimatlösung, mit der er die Haut keimfrei gemacht hatte, haftete noch an Jons Haut. Viktor sollte ihn waschen und die Wunden mit Kokosöl salben. Andere schmierten sich dieses Fett als Pomade ins Haar, aber er hatte seine pflegende Wirkung zu schätzen gelernt. Schon bald würden nur noch feine rote Linien zurückbleiben.

Leise stand er auf und sah den erbärmlichen Zustand, in dem sich sein Labor, das zugleich seine Behausung war, befand. Das war knapp gewesen, die Balken des Dachstuhls waren bereits angekohlt, es hätte alles in Flammen aufgehen können. Viktor taumelte noch leicht beim Gehen und seine Augen tränten, aber er würde später genug Kraft finden, um hier aufzuräumen. Hoffentlich waren seine Apparaturen nicht allzu sehr beschädigt.

Mit einer Schale Wasser und einem sauberen Lappen ging er zurück zu seiner Bettstatt. Jon war noch immer in tiefem Schlaf, sein Herz schlug kräftig unter Viktors Fingerspitzen, als er ihn berührte. Er konnte nicht widerstehen und streichelte über die schön ausgebildeten Brustmuskeln. Gekrönt waren sie von rosigen Kügelchen, die sich aus ihrem kleinen Kranz dunkler Haare erhoben, als Viktor es wagte, sie zu streifen.

Zögernd wanderte sein Blick weiter hinab. Der gut trainierte Bauch hatte einem Hafenarbeiter gehört, der in der Blüte seines Lebens einem Unfall zum Opfer fiel. Leider hatte es ihm den Oberkörper zerquetscht, sonst hätte Viktor auch seine Brust gefallen. Allerdings war er für seinen Geschmack zu stark tätowiert. Darum sah er auch davon ab, seine Arme zu verwenden.

Für Viktor war es nicht leicht, Jon als eine komplette Person zu sehen. Jedes Teil hatte seine Geschichte. Ein Preisboxer mit Herzattacke spendete unfreiwillig einen großen Teil seines Körpers. Der Torso samt Armen und Beinen gehörte ihm. Nur die Männlichkeit war dann noch eines anderen Ursprungs. Viktor bekam ständig einen hochroten Kopf, während er ihren Besitzer sezierte. Das Glied besaß nicht nur eine beachtliche Größe, es war auch überaus ästhetisch geformt. Er hatte es immer wieder ansehen müssen.

Präzise wie ein Uhrwerk prägte sich Viktor die Namen dieser Männer ein, obwohl er sie eigentlich vergessen wollte. Sie alle waren nun in Jon aufgegangen, sie existierten nicht länger eigenständig. Höchstens als Inschriften auf ihren Grabsteinen.

Zärtlich fuhr er mit dem Lappen über Jons Gesicht. Es war so gut wie unversehrt, die Leichenflecken würden vollständig verschwinden, wenn der Stoffwechsel wieder auf Hochtouren lief. Viktor musste ihm unbedingt noch mehr von seinem Blut geben. Jons Schlaf kam ihm sehr fest vor und es war möglich, dass es noch immer einen Sauerstoffmangel im Hirn gab. Auch die Mahlzeit der letzten Nacht war zu kärglich ausgefallen.

Gerade, als er voller Sehnsucht mit dem Finger Jons Mundlinie folgte, schlug sein Geschöpf die Augen auf. Beinahe hätte sich Viktor vor Schreck verschluckt und zuckte zurück.

Erst war Jons Blick verwirrt, doch dann betrachtete er mit neugieriger Abscheu seine Hände. Langsam drehte er sie und bewegte seine Finger. „Wer ist Marco? Das nicht … ich", stammelte Jon und starrte Viktor an, dann schaute er wieder entsetzt auf seine Finger, die wohl seiner Meinung nach nicht zu ihm gehörten. Erinnerte er sich an sein altes Leben?

Auch Viktor fragte sich, wer dieser Marco sein sollte. Es keimte ein ungutes Gefühl in ihm auf. Ein Liebhaber? Es gefiel ihm nicht, dass Jon immer wieder von diesem Mann sprach. „Möchtest du mir von Marco erzählen, während ich dich weiter wasche?"

„Si." Jons Augen wurden groß, dann schien er sich zu erinnern. „Vittorio."

Lächelnd drückte Viktor ihn wieder ins Kissen zurück und säuberte die Naht oberhalb seiner Schlüsselbeine. Das war die italienische Variante seines Namens. Warum schon wieder Italienisch? „Ja, das bin ich."

Ob Jon etwas fühlen konnte? Waren die Nerven intakt genug, um die entsprechenden Reize weiterzuleiten? Das würde Viktor gleich erkunden, vorerst drückte er auf eine Stelle, an der sich verschiedene Gewebe trafen.

„Ow!", beschwerte sich Jon und schaute ihn entrüstet an. Also empfand er Schmerz, das war ein gutes Zeichen.

„Scusi." Ein wenig Italienisch hatte Viktor aufgeschnappt, als er durch die Londoner Straßen schlenderte. Ihm war noch immer unklar, warum Jon sich dieser Sprache bediente. Sein Englisch dagegen klang gebrochen, mit Akzent, als wäre er nicht in diesem Land aufgewachsen. Dabei hatte er sogar zur Oberschicht gehört, die Chesterfields standen dem Königshaus nahe.

Jon klopfte mit der Hand auf seine Brust. „Ich bin Marco Dandolo von Venezia. Wo hier?"

Diese Information musste Viktor zunächst verarbeiten. Wie zum Teufel war jemand aus Venedig in diesen Körper gekommen? Hatte der göttliche Funke eine Seele abgeschossen, die gerade auf dem Weg zu ihrer weiteren Bestimmung war? Viktor war nicht religiös, er glaubte an die Naturwissenschaften, aber es gab da diesen metaphysischen Anteil, der noch unerforscht war.

„Du bist in London, in England", sagte Viktor leise und konzentrierte sich auf seinen Waschlappen, den er sanft über Marcos Haut führte. Innerlich verabschiedete er sich von Jonathan Chesterfield, den er eigentlich hatte zurückbringen wollen. Ihn kannte Viktor ebenso wenig, aber er hatte ihn lange aus der Ferne angeschmachtet. Das gab ihm das Gefühl, vertraut mit ihm zu sein.

„Sei willkommen, Marco Dandolo. Ich bin Viktor Frankenstein, ein Wissenschaftler im Dienste der Medizin." Viktor nahm Marcos Hand und wusch den ganzen Arm bis hinunter zu den Fingerspitzen. Eine Gänsehaut überzog ihn, die Nerven funktionierten also einwandfrei.

„Du bist ein Dottore?"

Traurig schüttelte Viktor den Kopf. „Leider nicht, es ist mir verboten, zu praktizieren, weil ich das Studium nicht beenden konnte."

Dabei war er bereits ohne Abschluss so viel brillanter als die meisten promovierten Ärzte. Nur, weil er nicht in ein privilegiertes Leben hineingeboren worden war, versagte das Schicksal ihm seine Bestimmung. Ungehalten knurrte er leise.

„Ich auch zu spät geboren. Nichts mehr übrig für Marco, mein Vater alles Erbe an Älteste gegeben. Aber ich immer genug Geld." Marcos Blick folgte Viktors Hand, die sich langsam seinen Bauch hinunterbewegte.

Viktor schluckte. Die Unterhaltung lenkte ihn zwar ab, aber er konnte sich nicht mehr damit herausreden, sein Geschöpf als Arzt anzusehen. Ihm wurde heiß und kalt, denn es tat sich etwas in Marcos Lenden, seine Männlichkeit richtete sich langsam auf.

„Un grosse cazzo. Un cazzo enorme", flüsterte Marco fassungslos. „Das ist ... groß."

Diese Feststellung ließ Viktors Wangen brennen. Ihm war noch nicht ganz klar, ob Marco verstand, dass er diesen Körper nach seinen Vorlieben zusammengesetzt hatte. Aber er schämte sich plötzlich für seine Verderbtheit. Was hatte er da geschaffen? Einen Mann aus seinen wildesten Träumen, der nun dazu verdammt war, in dieser Hülle zu leben.

„Marco ganz sicher nicht tot ..." Seinen Gesichtsausdruck konnte Viktor schlecht deuten. In schneller Folge huschten Abscheu, Freude und Verwirrtheit über Marcos Züge.

„Das hat sich so ergeben", murmelte Viktor verlegen und konnte ihn nur unter Schwierigkeiten anschauen.

Dann sprang er auf, um die Kleider zu holen, die er gesammelt hatte. Es war einfach nicht richtig, Marco zum Lustobjekt zu machen, zumal Viktor bisher nur seinen verbotenen Hirngespinsten nachgehangen und noch nie einen echten Mann berührt hatte.

Bei Jonathan war er ziemlich sicher gewesen, dass ihn mit seinen dekadenten Gespielen mehr verband als reine Freundschaft. Viktor beobachtete, wie sie sich verstohlen Küsse zuwarfen. Was geschah, wenn sie sich ungestört fühlten, konnte er sich nur ausmalen. Aber auch das waren nicht mehr als Vermutungen gewesen, die auf seinen Beobachtungen beruhten.

Bei Marco sah das anders aus. Welche Anmaßung, ihn für sich zu beanspruchen. Noch wusste Viktor so gut wie nichts über ihn und war nicht in der Stellung, ihn zu verderben. Homosexualität war eine Straftat, vor der er selbst immer zurückgeschreckt war. Was hatte er sich nur dabei gedacht?

Mit fahrigen Bewegungen suchte Viktor eine Hose und ein Hemd für Marco heraus, die ihm passen sollten. Oft kamen die Verstorbenen angezogen auf seinen Arbeitstisch, sie gingen aber zum Bestatter mit nichts als einem Totenkleid. Er hatte die Garderobe zusammengestellt, sie gewaschen und solange zurückgelegt. Seine eigenen Sachen würden für Marco zu klein sein, er war wesentlich kräftiger gebaut und größer.

„Bitte reinige dich selbst weiter. Du solltest dich bedecken, ich helfe dir später, deine Wunden zu versorgen", sagte Viktor noch immer mit hochrotem Kopf. Er reichte Marco die Kleidung.

Begleitet von einem wissenden Lächeln nahm sein Schützling sie entgegen. Das bildete Viktor sich nur ein, die Fantasie ging mit ihm durch. Da war nichts Kokettes in Marcos Blick. Aber seine Augen hatten definitiv einen anderen Ausdruck als zuvor. Anscheinend hatte er seine kurze Abwesenheit genutzt, um sich selbst bewusster zu werden.

„Was hast du getan, Dottore?", fragte Marco und sah ihn fest an.

Kapitel 5

Was nicht flexibel war, würde zerbrechen. So langsam arrangierte Marco sich mit der Situation, wobei es ihn brennend interessierte, was mit ihm geschehen war. Mal abgesehen davon, dass Vittorio eine ganz eigenartige Sache getan haben musste, war er wirklich ein hübscher Kerl. Jetzt traute er sich auch wieder, sich neben ihn zu setzen, da Marco nicht länger nackt war.

Zumindest die Hose hatte er angezogen. Der Stoff war alles andere als angenehm auf der Haut und wenig kleidsam. Aber dieser Körper fühlte sich ganz gut an, wenn Marco bedachte, eigentlich gar keinen mehr zu haben. Diese Geistergeschichte war nichts für ihn, er brauchte etwas Handfestes für die Liebe, und damit wurde er reich beschenkt. Trotzdem hatte ihn der Dottore um das Paradies betrogen.

„Ich habe einem Menschen das Leben zurückgegeben", sagte Vittorio mit bebender Stimme.

„*Einem* Menschen?" Marco schaute an sich herab und versuchte abzuschätzen, aus wie vielen Teilen er zusammengefügt worden war. Erstaunlicherweise hatte er keine Schmerzen, als wären die Fragmente zu einer Einheit verschmolzen. „Das ist Flickarbeit aus Grab. Alles war tot?"

„Ja-ja", antwortete Vittorio und schaute zu Boden. „Ich habe eine Vorrichtung gebaut und durch hohe Spannung das Gewebe wiedererweckt. Der elektrische Impuls hat die Zellen gereizt und sie dazu gebracht, erneut ihren Zweck zu erfüllen."

„Sono un mostro." Das war Marco gleich klargewesen, als er die Nähte seiner Wunden gesehen hatte.

Was er nun hörte, änderte seine Meinung darüber nicht: Er *war* ein Monster.

„Wie ist Marco hier hinein?" Er machte eine Handbewegung wie das Schütten in ein Gefäß. Das war es gewesen, Vittorio hatte eine leere Hülle gebaut und ihn damit eingefangen.

„Das weiß ich nicht, Marco. Bitte glaube mir, ich habe selbst keine Erklärung dafür, warum du in diesen Körper gefahren bist. Aber ich denke, es brauchte eine Seele, um echtes Leben zu erschaffen", erklärte Vittorio und strich ihm mit den Fingerspitzen über das Gesicht.

Es schien ihm zu gefallen, und Marco wurde so langsam neugierig, wie er nun aussah. Als er sich betastete, fühlte es sich noch immer fremd an. Er berührte Vittorios Hand, während sie gemeinsam seine Wange erspürten. Marco bemerkte das leichte Zucken.

Dieser Mann stand sich selbst und seinen Wünschen im Weg. Schon öfter hatte Marco das bei Engländern erlebt, sie waren sehr gehemmt und mussten erst geweckt werden. Die jungen Lords gingen gern auf Reisen in seinem Land, weil sie dort die Sonne und das Dolce Vita genossen. Sie kehrten als andere Menschen zurück auf ihre kalte puritanische Insel.

„Möchtest du in einen Spiegel gucken?", fragte Vittorio und schaute ihn zögernd an. Das war so deutlich, dass Marco schmunzeln musste. Er würde ihn befreien von seinen Zwängen. Auch als Monster konnte er Freude spenden.

„Si, prego."

Amüsiert beobachtete er Vittorio, der geschäftig loslief und durch die Unordnung stakste. Kurz darauf kam er mit einem mannshohen Spiegel zurück, den er vorsichtig balancierte. Die glänzende Fläche war angelaufen und er hatte den Ruß notdürftig abgewischt. Das würde gehen.

Als er sich zum ersten Mal in seiner neuen Erscheinung sah, war Marco erst einmal sprachlos. Er riss die Augen auf und fühlte entgeistert über das kühle Glas.

„Sei un ragazza bello ed atletico", murmelte er zu sich selbst. Verdammt, das war ein gut aussehender und durchtrainierter Körper, den Vittorio da für ihn gebastelt hatte. Obwohl Marco ein Frösteln durchlief, wenn er daran dachte, dass dies totes Fleisch gewesen war.

„Die Wunden werden verheilen, es bleibt nicht mehr als dünne rote Linien als Narben, wenn wir sie gut pflegen." Vittorio lehnte den Spiegel an einen Schrank und kam langsam zu ihm. Schüchtern streichelte er die Naht, die über Marcos Herzen lag.

„Ich habe versucht, einen gewissen Jonathan Chesterfield zurückzubringen. Jetzt erscheint es mir absurd, weil er seinen Körper natürlich längst verlassen hatte. Du sollst wissen, ich bin sehr glücklich, dass du bei mir bist. Hoffentlich wirst du dich hier zuhause fühlen." Mit einem Lächeln endete Vittorio und Marco nickte.

Plötzlich sah er ein Bild vor seinem geistigen Auge. Er selbst sprang herum in einer Gruppe von Burschen und vertrieb sich die Zeit mit Albernheiten. Doch er sah einen jungen Mann am Straßenrand, der ihn liebevoll betrachtete. Es war Vittorio und Marco hätte platzen können vor Wut, denn das konnte nicht seine Erinnerung sein.

War dies das Gesicht von diesem Jonathan? War es sein Hirn? Dann würde Vittorio an diesen Kerl denken, wenn er ihn ansah, und obendrein schienen Marco auch noch Bruchstücke von Jonathans Gedächtnis geblieben zu sein. Er wollte den Idiota nicht in seinem Kopf!

„Das ist jetzt *mein* Herz und *mein* Verstand", sagte Marco und schickte ihm einen glühenden Blick. Er legte seine Hand über Vittorios und drückte sie an seine Brust. „Vergiss diesen Jonathan. Ich nichts gemeinsam mit ihm außer der Haut von Bauch einer Forelle."

Marco schnaubte und betrachtete erneut sein Spiegelbild. Gut, er hatte sich schon immer durch Schwierigkeiten laviert und war wieder auf den Füßen gelandet. Er sah aus wie ein Gentleman, wenn man von den Nähten absah, die man mit Kleidung verdecken konnte. Aber diese vornehme Fischblässe wollte er schnell ablegen. Auch dem trüben Londoner Wetter würde ein wenig Sonne abzutrotzen sein.

***

Viktor konnte kaum den Blick von Marco lassen, der ihn erstaunlich besitzergreifend ansah. Der Ausdruck seiner Augen war unmissverständlich und es gefiel ihm, dass sein Geschöpf so schnell zu sich selbst gefunden hatte. Eigentlich sollte er Marco auch in Gedanken nicht länger „sein Geschöpf" nennen, denn er hatte einen freien Menschen vor sich.

Es war das größte Wunder, eine komplett erhaltene Persönlichkeit in dem von ihm geschaffenen Körper vorzufinden. Darauf hatte er gehofft, aber es kaum zu hoffen gewagt. Marco hatte seine neue Gestalt offensichtlich angenommen und fügte sich in sein Schicksal.

Plötzlich fiel Viktor seine Arbeit ein. Er musste pünktlich sein und nach Möglichkeit noch mehr Leichen sezieren als sonst. Sie brauchten etwas zu essen, seine Vorräte waren bereits ziemlich zur Neige gegangen.

„Ich muss jetzt leider gehen", sagte er nach einem Blick auf seine Taschenuhr. Das gute Stück hatte ihm sein Vater vererbt und er vergaß nie, sie mit dem kleinen Schlüssel aufzuziehen. „Kann ich dich alleinlassen?"

Marco stand sehr dicht vor ihm und überragte ihn um eine halbe Haupteslänge. Jetzt, nachdem der chemische Geruch des Sublimats weggewaschen war, konnte Viktor seinen Duft wahrnehmen. Er roch erstaunlich gut. Zärtlich fuhr er mit der Nase über die Haut und hielt beinahe die Luft an, als Marco die Arme um ihn legte.

„Ich verhungere, Vittorio", flüsterte er in sein Haar.

Ein warmes Gefühl schlich sich in Viktors Brust. Dort klopfte sein Herz hart gegen die Rippen. „Es ist nur noch ein Säckchen Zucker da und ein paar Kartoffeln. Ich werde uns etwas besorgen für das Abendessen."

„Zucchero!" Das klang begeistert. Natürlich wusste Viktor, dass Marco jetzt viele Nährstoffe benötigte, um den Zellaufbau voranzutreiben. Es erinnerte ihn nur an ein riesiges Insekt und es krabbelte kalt seinen Rücken hinauf.

Viktor löste sich ungern aus Marcos Umarmung,

aber er ging schnell zu der Blechdose auf dem Tisch, in der er die Nahrungsmittel lagerte. Demnächst würde er die beiden Eisschränke wieder benutzen können, selbst einer reichte aus.

Als er zurückkam, riss ihm Marco die Papiertüte fast aus der Hand. „Gib mir Zucchero, Zuccherino", hauchte er ihm zu und schnappte nach einem Löffel, um sich das süße Zeug in den Mund zu schaufeln.

Es schüttelte Viktor, als er das sah, doch Marco kaute frohen Mutes. Das Knirschen zwischen den Zähnen war wahrlich für eine Gänsehaut gut. Er selbst schob sich verstohlen zwei Kartoffeln in die Hosentasche.

„Was wirst du tun, während ich weg bin? Du solltest dich wenig bewegen, weil du noch anämisch bist und dich mit geringer Sauerstoffversorgung nicht verausgaben solltest. Ich werde dir nach einer Stärkung noch etwas von meinem Blut geben." Viktor beugte sich vor und leckte sanft einen Zuckerkrümel von Marcos Lippe.

Für einen Moment hatte er nicht nachgedacht. Dieser Mund war zu verführerisch, doch nun zog er es vor, den Blick zu senken. Die Berührung war wohl etwas forsch gewesen.

„Dein Blut fließt in meinen Adern?", fragte Marco und hob behutsam sein Kinn, um ihn anzusehen. Dann kam er mit dem Gesicht näher, bis sich ihre Nasen fast berührten. „Danke, dass du mich gerettet hast, Dottore."

Marco küsste ihn so zart, er spürte kaum etwas davon, aber sein Herz trommelte heftig. Allein für diesen Augenblick hatten sich seine Anstrengungen gelohnt.

„Prego", gab Viktor atemlos zurück und stolperte dann zur Tür.

***

Als Marco das Klappen der Tür hörte und dann der Schlüssel im Schloss gedreht wurde, brummte er ungehalten. Vittorio hatte ihn eingeschlossen. Entweder vertraute er ihm nicht oder er betrachtete ihn als seinen Besitz. Beides gefiel Marco nicht. Darüber würden sie noch reden müssen.

Es entwickelte sich alles so rasend schnell. Wie hatte er in dieser Geschwindigkeit sein volles Bewusstsein wiedererlangen können? Zu Beginn war sein Hirn träge gewesen, er hatte ihm seinen Willen aufzwingen müssen. Doch schon nach kürzester Zeit hatte er wieder gewusst, wer er war. Danach war es nur noch schwierig gewesen, die Benommenheit abzuschütteln und die Denkprozesse anzukurbeln.

Und jetzt? Marco kam sich vor, als wäre er nie weggewesen, er fühlte und konnte sich spüren. Sein Herz schlug schneller, wenn er Vittorio ansah. Auch das war ihm noch nicht passiert. Er liebte seine scheuen Blicke.

Vor dem Spiegel blieb er stehen und betrachtete sich lange. Es war von Vorteil, Vittorio zu gefallen, aber es verletzte seinen Stolz, dass es nicht seine Züge waren. Auch er war gut aussehend gewesen. Sein Körper verrottete in seinem Grab, dabei hätte Marco wesentlich lieber damit den glutvollen Verführer gespielt. Jetzt hatte er helle Haut, aber es leuchteten dunkle Augen aus der Blässe hervor. An seinen Wangen ließen sich schon wieder Stoppeln fühlen, also war er ein richtiger Mann.

Marco wusste nicht so wahnsinnig viel über Medizin, aber er verstand, dass er sich zu schnell erholte. Er wollte diesem Wunder nicht weniger auf den Grund gehen. Welchem Umstand verdankte er diese zweite Chance? Vittorio war ein Genie, ein Meister seines Fachs. Trotzdem hätte es Marco nicht so gut gehen dürfen, doch war es manchmal besser, nicht zu viele Fragen zu stellen. Alles wissen zu wollen, entzauberte die Welt.

Lieber mit Jonathans Gesicht leben als mit seinem eigenen tot zu sein. Marco war schon immer Optimist gewesen und gut damit gefahren. Nur Pistolen sollte er lieber aus dem Wege gehen.

Er knüllte die Papiertüte zusammen und sah sich um. Der Zucker gab ihm Energie, aber ihm wurde schwindelig, wenn er sich zu schnell bewegte. Was auch immer „anämisch" bedeutete, es zog ihm den Boden unter den Füßen weg.

Vittorio war ein Gelehrter, es scherte ihn wenig, ob Marco verstand, was er sagte. Wie ein Professore entließ er die Worte, ohne auf ihren Empfänger zu achten. Der Wissenschaftler war sich selbst genug, aber das würde Marco ihm austreiben. Sein verknöcherter Zuccherino gefiel ihm viel zu gut, um ihn in seinem eigenen Universum zu lassen. Ihm fehlte die Sinnenfreude, der Genuss …

Auch Marco war gebildet, er hatte zum Zeitvertreib Philosophie studiert und sich mit sehr ähnlichen Dingen beschäftigt wie Vittorio. Nur ihr Blickwinkel unterschied sich erheblich. Das gefiel ihm außerordentlich gut, es war der Zündstoff, aus dem Leidenschaft gemacht war.

„Jemand muss hier aufräumen", sagte Marco bewusst laut, um sich die noch fremde Sprache sprechen zu hören.

Bei seinen Techtelmechteln mit den jungen Adeligen, hatten sie ihm Englisch beigebracht … er beherrschte es nicht flüssig, aber er war bereit zu lernen. Es würde Bücher geben in dem Chaos, sobald er es beseitigt hatte. Vielleicht eine Zeitung, damit er sich in dieser Stadt zurechtfand.

Er sagte ja zum Leben mit Vittorio, schnell entschlossen, wie es seine Art war. Wer zauderte, verlor kostbare Zeit. Es gehörte Größe dazu, ein Geschenk zu erkennen und als solches anzunehmen.

***

An Viktors Ärmelaufschlägen klebte das Blut. Es war ihm unangenehm, aber er hatte heute wie ein Metzger die Leichen im Akkord untersucht. Da er pro durchgeführter Sektion bezahlt wurde, hatte er ein stolzes Sümmchen verdient, aber das würde er hauptsächlich für Nahrungsmittel verbrauchen. Ein wenig Kleidergeld musste er auch zurücklegen, da Marco noch einiges benötigte. Seine jetzige Garderobe war dürftig.

Jeden Tag konnte Viktor das leider nicht so machen, sie brauchten eine dauerhafte Lösung für ihre Geldknappheit. Er hatte anderen Studenten die Körper vor der Nase weggeschnappt. Dabei hoffte er immer wieder, dass seine Exmatrikulation nicht auffiel. Diese Arbeit war eigentlich nur den Absolventen der medizinischen Hochschule vorbehalten.

Müde und ausgelaugt ging er auf den Wochenmarkt, um einzukaufen. Sie mussten beide zu Kräften kommen. Heute sollte es eine üppige Mahlzeit geben.

Beim Gedanken an Marco wurde ihm ganz warm und es prickelte in seinen Lenden. Dieser gehauchte Kuss hatte ihn den ganzen Tag beschäftigt, er durfte sich nicht ausmalen, was sie vielleicht noch miteinander erleben würden. Nur mit Mühe hatte er sich zwischendurch beruhigen können, um keinen unanständigen Anblick zu bieten. Gerade, wenn man mit Toten zu tun hatte, konnte das manche Leute auf abwegige Gedanken bringen.

Sollte er Fisch kaufen? Italiener aßen viele Meeresfrüchte, aber hier in London rochen sie auch fischig. Es war ein Glücksspiel, ob man sich den Magen verdarb. Die Fish & Chips-Buden wurden bevorzugt beliefert. Nein, er würde lieber Fleisch wählen und ihnen ein ordentliches Stew kochen. Dazu noch frische Äpfel, es sollte ein Festessen werden.

Als er fertig war, hatte er sogar eine billige Flasche Rotwein in seinem Beutel. Hoffentlich ging es Marco gut und er hatte nichts Unvorhergesehenes getan. Viktor hatte ihn nur mit sehr gemischten Gefühlen alleingelassen, er kannte den Mann noch zu wenig, der jetzt in seiner Mansarde auf ihn wartete. Das hoffte er, es war eine Schreckvorstellung, dass er vielleicht das Weite gesucht hatte.

Viktors Schritte beschleunigten sich und er war das letzte Stück zu seinem Haus beinahe gerannt. Mit pfeifenden Lungen kam er auf dem Treppenabsatz vor der Wohnungstür an und schloss auf.

„Marco?", rief er atemlos und ließ den Jutesack achtlos auf den Boden gleiten. Wo war er? Das Labor war wieder halbwegs aufgeräumt, aber er konnte seinen Schützling nicht entdecken. Dafür waren die großen Fensterflügel, die zum Dach führten, weit geöffnet. Hatte er diesen Weg genutzt, um zu verschwinden? Viktor war es ganz flau, als er hinausschaute.

„Buonasera, Dottore." Marco saß draußen auf einem breiten Sims und hatte sich in die Decke aus dem Bett gehüllt. „Du hast Terrasse, das ist schön. Die Sonne ist warm, komm zu mir."

Für einen Moment musste sich Viktor am Fensterrahmen abstützen und konnte Marco nur betrachten. Er trug keine Kleider. Hatte er sich völlig entblößt gezeigt? Um sie herum waren fast nur Dächer, aber es gab auch ein paar höhere Gebäude. Dafür konnte man ihn einsperren, das wäre ein Desaster.

„Wa-was hast du heute gemacht?", fragte Viktor, als er hinauskletterte und sich neben Marco hockte.

„Ich habe gelesen. Du hast Bücher von dem Gemüt, aber es ist großer Quatsch, der da über Psyche steht. Seele nennt sich der Teil, der nichtstofflich ist." Ungehalten schüttelte Marco den Kopf. „Hegel will Seele zum Anfassen und Schiller denkt, schöne Seele müsse sittsam sein. Das ist alles stupido! Und in Hirn wohnt Seele schon gar nicht, sonst nicht ich hier, sondern dieser Jonathan."

Marco gestikulierte wild mit den Händen und ließ die Decke dabei los. Mit einem Griff konnte Viktor verhindern, dass sie wegrutschte und den Blick auf Marcos Männlichkeit freigab. Sein Herz schlug heftig, als er fühlte, was sich unter dem Stoff verbarg. Schnell zog er seine Hand wieder weg und errötete.

„Entschuldige." Er sah Marco in die Augen. Dann entdeckte er die Titel, mit denen er sich die Zeit vertrieben hatte. „Du hast die deutschen Philosophen gelesen?"

„Si, ich Student von Filosofia."

Aus unerfindlichen Gründen erstaunte es ihn, von Marcos Bildung zu hören. Gestern noch hatte Viktor darum gebangt, sein Verstand mochte richtig arbeiten und er hätte keine geistige Behinderung davongetragen. Das alles nahm Viktor gefühlsmäßig heftig mit, obwohl er glücklicher nicht sein konnte.

„Ich mache uns jetzt etwas zu essen. Das brauchen wir dringend. Wir haben einen Anlass zum Feiern!" Zögernd lächelte er Marco an.

„Lass uns den Abend genießen", gab er schelmisch grinsend zurück. „Hast du Zucker mitgebracht, Zuccherino?"

Verdutzt rieb sich Viktor über das Haar, aber dann verstand er den Witz. „Du bist wahrlich ein Spaßvogel."

***

„Du hast viele Frauen aufgeschnitten, Vittorio. Hast du jemals Gebärmutter gesehen, die sich an Hirn festgesaugt hat?", fragte Marco sichtlich amüsiert und schob sich einen Löffel des dampfenden Eintopfs in den Mund. Sie saßen noch immer draußen auf dem Dach und beobachteten den Sonnenuntergang.

Viktor war erleichtert, dass es Marco anscheinend schmeckte, obwohl er sicherlich bessere Speisen gewöhnt war. Doch diese Frage brachte ihn fast dazu, den Bissen auszuspucken, den er gerade schlucken wollte.

„Sag mir nicht, das hast du in den Büchern gelesen." Fassungslos schaute er Marco an. Er hatte wenig Ahnung von Frauen und ihrem Verhalten, aber anatomisch kannte Viktor sie in- und auswendig. „Die Gebärmutter ist kein wanderndes Organ, sie ist fest-gewachsen."

Triumphierend erwiderte Marco den Blick. „Das stand in Zeitung. Wenn Frauen nicht besamt werden, sie sich hysterisch verhalten. Sind alles Krankheiten vom Geist und man soll körperliche ‚Krise' auslösen, sie zu heilen. Es gibt Dottores, die das speziell ma-chen." Als er ihn erneut ansah, hatte Marco eindeutig etwas Spöttisches im Sinn. „Briten haben keine Ah-nung von l'amore. Ich kann viel Geld verdienen da-mit."

Der Schreck fuhr Viktor in alle Glieder. Jetzt kam der Moment der Wahrheit, vor dem er sich schon länger fürchtete. „Du magst Frauen?"

Er kam sich so dumm vor, aber es tat unendlich weh. Innerhalb eines Augenblicks konnten seine Wünsche und Hoffnungen zerstört werden. Hatte es da nicht eine Verbindung zwischen ihnen gegeben? Der Kuss … Es flatterte in Viktors Eingeweiden.

Marco schlürfte geräuschvoll den Rest der Soße von seinem Teller. Offensichtlich wollte er ihn ärgern und Viktor verzog das Gesicht. Aber Marco sah sehr zufrieden aus, als er sich zurücklehnte.

„Hattest du schon weibliche Brust in der Hand und hast zart gespielt mit Warze?", fragte er und Vik-tor fühlte Übelkeit aufsteigen. Entweder war sein Bauch ungewohnt voll oder die Angst schnürte ihm den Magen ab.

„Nein. Ich pflege weder den Lebenden noch den Toten an den Busen zu fassen." Am liebsten wäre Viktor weggelaufen, um tief Luft zu holen. „Und ich möchte nicht, dass du hysterische Frauen heilst. Egal, wie viel Geld man dafür bekommen kann."

Wenn Marco wirklich keine Männer liebte, würde er ihn freigeben müssen. Niemals wollte Viktor ihn zur Homosexualität zwingen, das wäre ebenso widernatürlich, wie man es seiner Neigung nachsagte, zu sein. Doch er fühlte sich nicht wie ein Perversling, sein Herz war geschwollen vor Schmerz bei dem Gedanken, Marco zu verlieren.

Es sah so aus, als wollte er Viktor nicht antworten. Stattdessen beugte Marco sich vor, um sich einen Apfel zu nehmen. Doch, statt zu einem Messer zu greifen, um ihn zu schälen, hielt er die Nase an die Frucht.

„Hast du schon gerochen den Duft von Liebe?", flüsterte Marco und sah ihn unverwandt an, während er tief einatmete.

Viktors Mund wurde trocken. Wovon sprach Marco nur? Er schluckte krampfhaft und schüttelte den Kopf. Dann fuhr ihm die Hitze bis in die unteren Gefilde als Marco die Zunge zärtlich über die Schale des Apfels huschen ließ.

„So glatt, wie Spitze von dein Schwanz." Marco lachte verführerisch, es war ein kehliger Laut. „Spüren und schmecken, alle Sinne wollen angesprochen sein, das ist dolce amore." Seine Stimme war leise und hatte einen heiseren Unterton. „Zunge ist empfindsam, viel sanfter als Finger und so feucht."

Dieser Teufel! Was tat er mit ihm? Viktor klopfte der Puls bis in die Ohren und ein Gefühl der Wärme durchströmte seinen Unterleib. Das waren verbotene Empfindungen, sie waren zu süß, um auch nur im Ansatz erlaubt zu sein.

„Solche Praktiken sind sündhaft", keuchte Viktor

und zog sich ein Stück der Decke über den Schoß, die Marco verhüllte. Damit wurde es nicht besser, denn dieses nicht weniger sündhafte Organ stand vor Marcos Bauch und lockte mit seiner prallen Üppigkeit. Es wurde nur noch von dem dünnen Stoff verdeckt, doch Viktor konnte selbst die wohlgeformte Gliedspitze ausmachen.

„Das will ich hoffen", gab Marco samtig schnurrend zurück.

Etwas musste Viktors Sinne vernebelt haben, jeder Reiz bekam eine frivole Bedeutung. Er stöhnte auf, als Marco in den Apfel biss. Der Saft sammelte sich zu einem Tropfen, der langsam Richtung Kinn lief und dort das letzte Licht des Sonnenuntergangs brach.

„Koste mal", raunte Marco ihm zu und rückte nah an ihn heran, um ihm den Apfel an den Mund zu halten. „Nehme ihn wahr, seinen Geruch und das fruchtige Aroma. So schmeckt Sünde. Doch meist eher salzig."

Viktor bekam kaum noch Luft, seine Brust hob und senkte sich schnell. Er sah keinen Ausweg, als zu tun, was Marco ihm so eindringlich zugeflüstert hatte. Süß perlte der Geschmack über seine Zunge, es war wie ein Rausch.

Doch sein Atem stockte ganz, als Marco sich über ihn beugte und in aller Ruhe über seine Lippen leckte. Die geschmeidige Spitze stupste in seinen Mundwinkel und streichelte ihm dann über die Haut.

Wieder war es nur ein Hauch von Berührung, Marco quälte ihn sanft, indem er an ihm zupfte und knabberte. Bitte, er sollte ihn küssen … die Dämmerung hatte sich wie ein seidenes Tuch über sie gelegt und niemand konnte sie sehen.

Erst waren es nur die Lippen, die ihn erkundeten und genüsslich seinen Mund neckten. Endlich! Marco verkörperte die pure Versuchung und Viktors Herz klopfte erwartungsvoll. Er hatte nicht die Kraft, dagegen anzukämpfen, er öffnete sich Marcos Drängen und überließ sich dem zärtlichen Tanz ihrer Zungen.

Egal, welchen Punkt Marco berührte, es rieselte ein heißer Schauer durch Viktors Leib. Nie zuvor hatte er von dieser köstlichen Verdammnis geträumt, denn er kannte nichts Vergleichbares. Seine Sinne wurden gerade erweckt.

„Willst du mehr Marco schmecken?", fragte ihn der ruchlose Verführer, der ihn mit seinen Blicken an den Rand der Verzweiflung trieb. Viktor lernte erst zu lieben, doch die Verheißung in Marcos Augen ließ ihn nicht los. Dies konnte man nicht berechnen und das Spiel folgte keinen Regeln, es gab nichts, woran er sich orientieren konnte. Da war nur das Vertrauen, sich Marcos sanfter Führung zu ergeben. Waren es nicht gerade die unmoralischen Dinge, nach denen er sich sehnte?

Marco musste seinen Kopf nicht herabdrücken, es reichte vollkommen, seine samtene Härte zu entblößen. Die Spitze schimmerte feucht.

Normalerweise bediente Viktor sich in seinen Vorstellungen keiner deutlichen Bilder, zu sehr erregten ihn bereits Andeutungen. Dies jetzt zu erleben, erschütterte ihn in seinen Grundfesten, es befreite ihn von den Fesseln. Es war real, so intensiv. Duftend.

Wie sollte Viktor den Geschmack beschreiben, die erste Empfindung? Salzig und doch süß, vom Gefühl her so zart und ebenmäßig. Wie gern hätte er hineingebissen in diese reife Frucht. Doch sein Instinkt leitete ihn an, die Zunge und die Lippen zu verwenden, mit den Zähnen vielleicht ganz sachte streifend an dem wundervoll bebenden Fleisch.

Viktors Verstand war vernebelt durch diese Flut an Eindrücken, er verwandelte sich in das reine Empfinden. Es war schön, Marcos Geräusche zu hören und das Pulsieren zu erspüren. An Viktors Lippen pochte der Herzschlag, er wurde schneller und schneller. Ewig sollte dieser Moment währen.

„Tu weg dein Kopf", stöhnte Marco und wollte ihn sanft zur Seite schieben.

Doch Viktor ergriff seine Hand, um die Finger mit ihm zu verschränken. Er hatte nichts geahnt von diesen Genüssen, nun war er bereit, seine Feuertaufe zu erhalten. Die Energie der Blitze hatte Marco zu ihm gebracht, Viktor wollte ihn empfangen mit allem, was er bereit war, ihm zu geben.

Kapitel 6

„Lass uns heute ausgehen", sagte Marco bei ihrem kargen Frühstück. Er schob den Haferbrei in seiner Schüssel herum. Das Zeug schmeckte buchstäblich nach nichts.

Zwar hatte er verstanden, dass sie in Geldnöten waren, aber er wollte auch etwas von der Stadt sehen. Momentan konnte er sich tagsüber nur irgendwie beschäftigen, aber am Abend gehörte Vittorio ihm.

„Ausgehen?", fragte sein Dottore und blinzelte ihn verständnislos an.

Damit hatte Marco gerechnet. Schon allein bei der dürftigen Auswahl seiner Kleider war zu vermuten: Vittorio hatte nie vorgehabt, mit ihm durch die Straßen Londons zu laufen. So ging man nicht vor die Tür. Nicht als Gentleman.

Wahrscheinlich reichte Vittorios Planung nicht weiter als bis zu seinem erfolgreich durchgeführten Experiment. Das war es, was für den Wissenschaftler zählte. Das Danach würde sich irgendwie finden. Hatte er wirklich ein Monster erwartet? Oder Jonathan? Marco wollte hier nicht wie ein Gefangener leben.

„Hast du dich schon küssen lassen von grüner Fee? Es gibt sicher Caféhaus, das serviert zur grünen Stunde." Er lächelte Vittorio an.

„Du willst Absinth trinken? Wie ein Lebemann? Das ist nichts für mich", erklärte Vittorio bestimmt.

Oh, so hübsch war sein Zuccherino, doch auch so langweilig. Obwohl er ihn gestern mehr als überrascht hatte. Marco genoss es, sich von ihm verwöhnen zu lassen. Er hatte überlegt, sich zu revanchieren, aber sie küssten sich nur ausgiebig und Vittorio brauchte viel Nähe. Das erreichte Marcos Herz, es war nicht verhärtet, sondern zu großen Gefühlen fähig. In diesem Bereich war selbst er noch unerfahren.

Sie brauchten keine Eile walten zu lassen. In seinem letzten Leben hatte Marco alles ausgekostet, was es zu versuchen galt. Gerne gönnte er sich einen Schluck Laudanum oder ein wenig Morphin, wenn er es bekommen konnte. Alle Sinnenfreuden hieß er willkommen und auch bei der körperlichen Liebe ließ er nichts aus. Dezent eingesetzte Rauschmittel konnten dabei die Hemmungen fallenlassen. Derlei Zerstreuung wollte er Vittorio gar nicht erst vorschlagen, dafür war sein Dottore eindeutig zu sittenstreng. Marco würde ihn lockern und persönlich weichreiten. Doch alles zu seiner Zeit.

„Wir können einen Spaziergang machen", willigte Vittorio plötzlich ein. „Ich möchte die Todesanzeigen lesen, die an St. Paul angeschlagen sind. Um den Versuch mit dir abzugrenzen, muss ich ihn wiederholen und die Ergebnisse vergleichen."

Mit einem Krachen ließ Marco seine Schüssel auf den Tisch fallen. „Du willst wieder an toten Menschen experimentieren? Ist dir Marco nicht Mann genug? Reiche ich dir nicht?"

In seinen Augen funkelte sicher der Zorn, der ihn gepackt hatte. Er stand auf und stütze sich auf die Holzplatte, um auf Vittorio herabzusehen. „Was wirst du tun, wenn du noch eine Seele abschießt? Marco ist Jüngster von neun Kindern, ich will nicht mehr Geschwister! Und du bist *mein* Dottore!"

Erst jetzt fiel ihm auf, wie viel größer als Vittorio er war. Zaghaft schaute dieser zu ihm auf. Marco

würde ihm niemals wehtun, aber er war muskelbe-
packt und eine imposante Erscheinung. Zur Verdeutlichung seiner Worte hob er den Tisch kurz an und
setzte ihn unsanft wieder ab, sodass die Schüsseln
hochsprangen.

„Setz dich, Marco!" Vittorios Augen verengten
sich.

„Was, wenn ich nicht gehorche? Bin ich Eigen-
tum, das man wegschließen kann? Tötest du mich,
wenn ich nicht tun, was du willst? Ich habe Spritze
gefunden mit Gift."

Jetzt war es endlich heraus, was ihm auf der Seele
gelegen hatte. Beim Aufräumen des Labors war ihm
die vorbereitete Dosis in die Finger gefallen. Er kannte den Bittermandelgeruch und wusste, womit er es
zutungehabt hatte.

Voller Entsetzen starrte Vittorio ihn an. „Ich
wusste doch nicht, wie das Experiment ausgehen
würde. Es gab einen furchtbaren Versuch vorher, bei
dem ich nur ein sabberndes Bündel Mensch erwecken
konnte. Diese Kreatur konnte nicht sprechen und
hatte schlimme Deformationen. Von diesem Leben
musste ich sie erlösen."

Ungläubig schaute Marco an sich herunter und
stellte sich dann dieses andere Wesen vor. „Du willst
spielen Gott, Dottore! Woher weißt du, was ist lebenswert?"

Vittorios Augen waren noch immer groß. Er sollte keine Angst vor ihm haben, darum setzte sich Marco wieder.

„Ich suche den göttlichen Funken. Wie soll ich
erkunden, warum deine Seele in den Körper gefahren
ist, wenn ich keinen weiteren Anlauf wage? Erst,

wenn ich erneut ein Geschöpf ins Leben holen kann, das geistig und physisch gesund ist, habe ich meine Methode bewiesen." Händeringend saß Vittorio vor ihm und atmete schwer. Es steckte eine große Leidenschaft in ihm, die Marco gern in andere Kanäle gelenkt hätte.

Er selbst beruhigte sich langsam wieder und legte die Hände flach auf die Tischplatte. „Weißt du, Bruder von Marcos Freund war anders. Er hatte Augen von Chinese und eigenartiges Gesicht. Lernen konnte er nicht richtig und auch nicht sprechen. Der Junge ist nicht alt geworden, aber er war glücklich." Marco lächelte den Dottore warm an. „Immer hat er am lautesten gelacht. Durfte leben, solange er konnte."

In Vittorios Augen wurde es feucht, er senkte den Kopf und Marco konnte sehen, dass er weinte. Langsam stand er auf und ging auf die andere Seite. Dann setzte er sich zu ihm auf die Bank, um seinen Zuccherino in die Arme zu ziehen.

„Ich habe mit dieser Kreatur gelitten. Sie hätte nicht lange überlebt, wenn ich sie nicht hätte einschlafen lassen", flüsterte Vittorio rau und Marco küsste zärtlich seine Stirn. Mit der Nase in diesen braunen Locken ging es ihm gleich besser.

„Scusi", flüsterte er. „Mein Temperament ist hitzig, ich versuche, es kühler zu machen."

Vittorio lachte leise auf. „Das Schicksal will mir neue Wege zeigen. Du rüttelst alles durcheinander und führst mich zu differenziertem Denken."

Nachdenklich nickte Marco. Ihm war klar, dass der Dottore recht hatte.

Seine Finger fuhren in Vittorios Haar und er zog ihm den Kopf behutsam in den Nacken. Mit der

Zungenspitze folgte er den salzigen Spuren auf den Wangen. Dann küsste er ihn sanft.

„Du sein Naturwissenschaftler, ich bin Philosophie", flüsterte Marco vor seinen Lippen, nachdem er sie entspannt und feucht hinterlassen hatte. „Seele ist nicht zum Anfassen und du sollst nicht alles tun, was du tun kannst, Dottore. Es ist so viel möglich, aber es gibt noch Geheimnisse. Manche Dinge sollen bleiben ein Mysterium, weil sie nicht sind für die Menschen."

Ah, sein Zuccherino. Das Gesicht war so schön, der Mund noch sinnlich geöffnet. Marco hätte ihn ewig küssen können. Das Bärtchen unter der Lippe kitzelte ihn. Sein Geschmack war einzigartig und die zarte Haut fühlte sich wundervoll an.

„Ich muss jetzt zur Arbeit", sagte Vittorio zögernd. „Bitte, Marco, ich werde dich nicht einschließen, aber sei vorsichtig, wenn du nach draußen gehen solltest. Mir wäre lieber, du würdest auf mich warten."

Lächelnd nahm Marco sein Gesicht zwischen die Hände und schaute ihm tief in die Augen. „Mache dir keine Sorgen, Dottore. Dieses Hirn hat viel zu denken und ich laufe dir nicht davon."

Er trank von Vittorios Lippen, zupfte an ihnen. Zumindest kurz umspielten sie sich zärtlich und ihr Abschied ließ ihn voller Sehnsucht zurück.

***

Marco hatte freiwillig einen Lappen genommen und den Kessel der Dampfmaschine vom Ruß befreit. Die Rohre glänzten und er hatte die Inschrift sogar poliert. Das Zischen gehörte bereits zur gewohnten Umgebung. Jetzt waren fast alle Spuren des Feuers beseitigt, die Behausung erstrahlte in ihrem bescheidenen Glanz.

Die Wohnung unter dem Dach hatte nur einen großen Raum, der von den wissenschaftlichen Apparaturen dominiert wurde. Der schmale Tisch, auf dem Marco gelegen haben musste, bescherte ihm noch immer ein eigenartiges Empfinden. Wenn es nach ihm ginge, sollte darauf nie wieder ein Körper ausgestreckt sein.

Daneben stand ein Gestell mit vielen Kabeln und einer großen Spule. Die beiden Eisschränke waren wuchtig, es tropfte ständig Wasser heraus. Es gab rotbräunliche Kringel auf dem Boden unter ihnen, daher wollte Marco nicht wissen, wie sie von innen aussahen.

Auf der anderen Seite gab es den grobgezimmerten Esstisch mit zwei Bänken und einen abgewetzten Ledersessel. Das Bücheregal war völlig überlastet, es neigte sich bereits bedenklich zur Seite. Diese Möbel waren außer der Bettstatt und einer Kochstelle in der Zimmerecke alles, was ihre Bleibe ausmachte. Ihr Badezimmer war draußen auf dem Flur und sie teilten es mit vielen Menschen.

Dank Marcos Einsatz, war der Holzboden zumindest besenrein. Normalerweise hätte er niemals geputzt, aber es hatte sich bereits einiges in seinem Leben geändert. Besonders diese nagende Langeweile war neu für ihn.

In dem Bücherregal gab es keine Abenteuererzählungen, dafür türmten sich dort wissenschaftliche Abhandlungen zu allen möglichen Themen. Er hatte bereits auf dem Dachsims gesessen und den Wolken zugesehen, wie sie sich immer weiter auftürmten, aber es regnete nicht. Falls er seine Aufmachung halbwegs ordentlich hinbekommen sollte, war es doch keine üble Idee, mal ein wenig Straßenluft zu schnuppern.

Die Kleider, die Vittorio ihm gegeben hatte, waren zum größten Teil verschlissen, aber sie waren noch zu tragen. Der Gehrock war Marco ein wenig zu groß, er hatte wohl einem dicken Mann gehört. Dafür versteckte er zuverlässig die abgenutzten Hemdsärmel. In Vittorios Schrank fand er noch eine Weste, die ihm knapp passte, und einen Binder, der mal nicht blau, braun, schwarz oder mausgrau war. Weinrot kleidete ihn, dazu lieh er sich noch einen Hut.

Als er sich vor dem Spiegel drehte, befand Marco, er wäre eine respektable Erscheinung. Zumindest würde er nicht auffallen, was alle Männer auf Londons Straßen offensichtlich als Ziel hatten. Da war es in seiner Heimat ein wenig farbenfroher zugegangen, vor allem den venezianischen Karneval hatte er geliebt.

Es war Marco noch immer unbegreiflich, was alles passiert war. Noch vor einigen Tagen war er lebendig durch eine völlig andere Welt gelaufen. Dann hatten sich die Ereignisse überschlagen. Er war gestorben und Vittorio hatte seine Seele auf ihrem Flug zu den Engeln abgefangen. Jetzt war Marco noch da, nur äußerlich verändert. Das alles war so unglaublich, er hätte es niemandem erzählen können, ohne die Einweisung in eine Anstalt zu riskieren.

Vor dem Spiegel bewegte er langsam jeden Muskel und spürte dem nach. Wie viele Wunder trafen sich in seiner Person?

Nicht nur, dass er nicht länger tot war … dieser Körper hatte mehreren Menschen gehört. Nach seiner Auffassung war es unmöglich, abgestorbenes Gewebe zusammenzufügen und auf Leben zu hoffen. Selbst, wenn der Dottore ein wahres Genie war. Mit seiner Apparatur wurden die chemischen Abläufe in seinen Zellen wieder angekurbelt, aber es wäre wohl noch die Wundheilung nötig, um Marco genesen zu lassen.

Er war frei von Schmerzen. Die Nähte, die seinen Leib zusammenhielten, waren zwar noch vorhanden, aber er fühlte nichts davon. Alle Funktionen seines Körpers waren intakt. Marco kannte die Anatomie nicht so gut wie Vittorio, aber er wusste um die komplizierten Strukturen. War es der Wille einer höheren Macht gewesen, ihn zusammenzuschweißen und seinen Geist diese Hülle beseelen zu lassen?

„Wunder über Wunder", murmelte er nachdenklich.

Kein Wunder war es dagegen, dass der Forscherdrang in Vittorio ihn dazu trieb, den Versuch wiederholen zu wollen. Hatte er diesen Erfolg dem Zufall zu verdanken? Ohne eine Bestätigung durch ein weiteres Experiment mit gleichem Ausgang konnte er keinen wissenschaftlichen Anspruch auf die Methode erheben. Ihm fehlte jede Anerkennung seiner überragenden Leistung, weil er weit hinter seinen Möglichkeiten bleiben musste. Dieser Genius durfte nicht studieren …

Marcos Herz wurde schwer. Würde man ihm die Liebe versagen, welchen Wert hätte dieses Leben noch für ihn?

„Ist es meine Aufgabe, ihn nicht dem Wahnsinn anheimfallen zu lassen, der viele der ganz großen Geister befällt? Soll ich den Frevel verhindern? Sagt mir, Mächte des Kosmos, ob ihr ein Wunder wirktet, um dem Treiben ein Ende zu setzen!"

Die letzten Worte schrie er dem Bild auf der glänzenden Glasfläche entgegen, das sich noch immer nicht mit „ich" beschreiben ließ. Es brauchte einen Moment des Erkennens, wenn er sich sah.

Angst griff nach ihm. Alles war anders und neu. Marco hatte nicht um dieses Geschenk gebeten. Sein Herz pochte schneller, wenn er daran dachte, wie sein Lebenswandel ausgesehen hatte. Vielleicht sollte er es jetzt besser machen. Diese Empfindungen hatte er verdrängt, doch sie überfielen ihn gerade mit Wucht.

Trotzdem fügte er sich in dieses Schicksal wie ein Chamäleon sich seiner Umwelt anpasste. Vittorio war das Zentrum seiner Aufmerksamkeit, denn Marco spürte deutlich, dass der Dottore der eigentliche Grund für diese Vorgänge sein musste. Ein Marco Dandolo war nicht wichtig. Das Universum hätte auf den neunten Spross einer venezianischen Patrizierfamilie verzichten können.

Heute Nacht, als er Vittorio in seinen Armen gehalten hatte, spürte Marco, wie sehr sich sein Schöpfer nach einem Gefährten sehnte. Er saugte seine Nähe auf wie ein Schwamm. Während sie sich gegenseitig durchdrangen mit ihren Gefühlen, war es Marco unmöglich, an die körperliche Liebe zu denken. Das war ihm ganz sicher noch nicht passiert, er hatte nie eine Gelegenheit ausgelassen. Aber es wäre ein Sakrileg gewesen. Trotz allen Begehrens waren sie sich auf einer höheren Ebene begegnet.

„Du hast mich gerettet, Zuccherino. Jetzt werde ich mein Bestes geben, dies für dich zu tun."

***

Als er auf die Straße trat, umgab Marco sogleich das pulsierende Leben. Jede Stadt besaß ihren eigenen Geruch. Hier hatte er nicht die brackigen Kanäle in der Nase, wenn der Wasserstand im Sommer niedrig war, dafür befand er sich anscheinend in der Nähe der Themse. Möwen schwebten weit über ihm und er hörte ihre Schreie.

Kaum war er aus der engen Gasse getreten, befand er sich auf einer Flaniermeile. Viele Menschen genossen den Sonnenschein. Die Wolken waren durchlässig geworden und es war relativ mild. In seiner Heimat war das Wetter um diese Jahreszeit ähnlich.

Was die Herren an Schlichtheit an den Tag legten mit ihrer dunklen Garderobe, machten die Damen durch auffällige Hüte und üppige Roben wett. Marco betrachtete die Rüschen, die schmalen Taillen und glockigen Röcke. Im Tierreich putzen sich die Männchen heraus, das war hier eindeutig andersherum. Er vermisste ein wenig seine amourösen Abenteuer, er hatte es immer gemocht, die Damen Schicht für Schicht auszupacken.

Die erste Motorkutsche, die rasselnd an ihm vorbeifuhr, weckte seine Aufmerksamkeit. Er hatte selten eines der sogenannten Automobile gesehen, weil er in einem Teil Venezias gelebt hatte, in dem nur Boote als Fortbewegungsmittel genutzt wurden. Doch auf dem Festland war er schon solchen Maschinen begegnet.

Wie faszinierend, aus eigener Kraft zu fahren, ohne Pferde nutzen zu müssen. Nur zu gern wäre Marco einmal in so ein Gefährt gestiegen. Damit konnte man reisen. Es wäre schön, mit Vittorio in einem Automobil die Welt zu entdecken. Immer dem Frühling auf den Fersen und begleitet von dem Gezische und Gequalme der Dampfmaschine, die sie vorantrieb.

Er schlenderte noch ein wenig weiter und sah in der Ferne die Stahlskelette der Türme, die die zukünftige Tower Bridge, tragen sollten. Sie befand sich gerade im Bau und war schon eine gewaltige Konstruktion. Durch die Zeitung hatte Marco auch von den schrecklichen Mordfällen vor ein paar Jahren erfahren, die in diesem Stadtviertel stattgefunden hatten. Das hier musste Whitechapel sein und die Docks lagen vor ihm.

Die beste Wohngegend war es nicht, aber der Prostituiertenmörder hatte plötzlich sein blutiges Handwerk eingestellt. Eine wohlige Gänsehaut überlief Marco. Er liebte gruselige Geschichten und die Vorstellung, in der Nachbarschaft dieses Mannes zu leben, gefiel ihm irgendwie. Auch dieser „Jack the Ripper" zeigte ein wissenschaftliches Interesse an der Anatomie, immerhin hatte er seine Opfer ausgeweidet.

Für einen Moment stellte er sich Vittorio als Verdächtigen vor, aber dies erschien Marco selbst für eine fiktive Story zu weit hergeholt. So ein blutrünstiges Wesen musste spektakulärer sein. Vittorio hatte ausreichend andere Möglichkeiten, an Leichen herumzuschneiden.

„Scusi Signore, was gibt es da?", fragte Marco einen Herrn, der gerade aus einem Buchladen kam, vor dem eine Menschentraube stand.

„Heute wurden die Geschichten um Sherlock

Holmes und Doktor Watson veröffentlicht. Man kennt sie aus dem ‚Strand'- Magazin.'' Grüßend zog der Mann seinen Hut. „Beeilen Sie sich, wenn Sie sich noch eine Ausgabe sichern wollen.'' Mit diesen Worten nickte er ihm kurz zu und lief weiter.

Marco bedankte sich grüßend und wandte sich dann mit einem Seufzen ab. Bisher hatte er das Gefühl, mittellos zu sein, nicht kennengelernt und es gefiel ihm nicht. Er liebte Bücher, doch er konnte sich diesen Sherlock Holmes mit seinem Arzt nicht leisten, er besaß keinen Penny.

Vielleicht sollte er seinen Körper an die Wissenschaft verkaufen. Dieser Gedanke amüsierte ihn über die Maßen, er würde nur Vittorio keinen Gefallen damit tun. Aber als vermeintliches Unfallopfer, das nach dem Tod der Forschung zur Verfügung stand, würde man ihm schon heute viel Geld geben. Immerhin hatte er einiges überlebt.

Was war er doch für ein Schelm. Schmunzelnd lief er auf die Tower Bridge zu. Der Mechanismus der Hebevorrichtung interessierte ihn brennend. Soweit er wusste, war sie bereits eingebaut, aber wahrscheinlich konnte er sie nicht betrachten. Möglicherweise war ihm das Glück hold.

„Baron Chesterfield!'', rief jemand hinter ihm und schon war Marco umringt von drei jungen Burschen, die er auf Anfang zwanzig schätzte. Sie trugen Mützen wie Studenten. Hübsch waren sie, wahrscheinlich die Gespielen, die er in seiner fremden Erinnerung gesehen hatte. Sie kamen ihm entfernt bekannt vor.

„Jonathan!'' Fassungslos starrten sie ihn an, als hätten sie einen Geist gesehen. Einer hob die Hand und wollte sein Gesicht berühren, doch Marco zuckte zurück. „Sono un turista!"

Es blieb ihm nichts anderes übrig, als sich dumm-zustellen. Den italienischen Touristen konnte er wohl am glaubhaftesten geben. Wieso hatte er ausgerechnet diesen Kerlen über den Weg laufen müssen? London war eine riesige Metropole. Er begann zu schwitzen, das konnte brenzlig werden.

„Wie ist dein Name?", fragte ihn ein großer Dunkelhaariger, der ihn entsetzt musterte. Von Respekt hatten diese Jungs wohl noch nichts gehört. Auch er schien ihn anfassen zu wollen, ließ aber den Arm wieder sinken.

„Marco Dandolo." Er erwiderte den Blick fest und straffte seinen Rücken. Frechheit siegte fast immer, wenn man nicht gerade in einem fremden Bett erwischt wurde. „Ich besuche diese Stadt zum ersten Mal."

Würden sie ihm diese Geschichte abkaufen? Angeblich besaß jeder Mensch zumindest einen Doppelgänger, so hatte Marco mal gelesen. Trotzdem neigten simple Gemüter dazu, zu bekämpfen, was sie nicht verstanden oder was ihnen Angst machte. Die Spannung in der Luft war zum Anfassen.

Die Drei sahen sich an. Plötzlich schubsten sie ihn hin und her. „Du kannst nicht so verflucht ähnlich aussehen wie Jonathan! Wer bist du wirklich?", fragte ihn einer der Kerle mit roten Flecken auf den Wangen. „Der Baron ist tot!"

Da saß der Schock wohl tief. Sie hatten nicht damit gerechnet, ihren Spielgefährten wiederzusehen. Das war verständlich. Aber Marco hatte gerade das Gefühl, als Sündenbock für ihre Trauer herzuhalten. Für ihre Ohnmacht.

„Welcher Baron?", stellte Marco sich weiterhin dumm. Doch er sah geballte Fäuste und die Burschen schienen sich übertreffen zu wollen mit Beleidigungen. Verfluchtes Studentenpack, sie gaben keine Ruhe, so sehr Marco auch versuchte, sich zu befreien.

„Missgeburt!"

„Satansjünger!"

„Der Teufel verbirgt sich hinter Jonathans Schönheit!" Einer der Studenten bückte sich und hob einen großen Stein auf. Es war eindeutig, was er damit vorhatte. Jetzt musste Marco handeln. Einige Passanten waren stehengeblieben, doch es sah nicht danach aus, als würde jemand versuchen, ihm zu helfen.

„Polizia!", schrie er und tat so, als hätte er Angst. Mit weit aufgerissenen Augen sah Marco sich um, wie ein hilfloser Tourist. In seiner Brust ratterte es wild. Normalerweise hätte er es mit diesen Burschen aufgenommen, aber er wollte sich und vor allem Vittorio keine Probleme einhandeln. Es gab Fragen, auf die sie keine Antworten geben konnten.

Ein Bobby kam angerannt und pfiff auf seiner Trillerpfeife. „Lasst diesen Mann los! Ihr Rabauken!" Er schob sich den Helm aus der Stirn und wollte wohl gerade den Gummiknüppel schwingen, da entließen die Kerle Marco aus ihrem Griff.

„Wenn wir dich noch einmal sehen, klären wir, warum du aussiehst wie unser Freund!", spie ihm einer der jungen Männer verächtlich ins Gesicht und rempelte ihm im Gehen gegen die Brust.

„Entschuldigen Sie bitte, Herr …?", fragte der Polizist, den Marco mit seinem schwarzen Tropenhelm nur schwer ernstnehmen konnte. Besorgt musterte ihn der Beamte. Offensichtlich war es ihm zu heiß, die Täter allein zu verhaften. Die Bande zog unbehelligt ab, die Burschen hatten es noch nicht einmal eilig.

„Marco Dandolo von Venezia!" Um einer Befragung zu entgehen, überschüttete Marco den Bobby mit einem italienischen Wortschwall, den er mit entrüsteten Gesten begleitete.

„Bitte, bitte … wenn alles in Ordnung ist, können Sie Ihren Aufenthalt in London ungestört fortsetzen", beeilte sich der Mann zu sagen. Er gab seinen Kollegen, die endlich aufgrund seines Pfeifens als Verstärkung angerückt waren, Handzeichen. „Es ist ja niemand zu Schaden gekommen."

„Prego." Mit strengem Blick ordnete Marco seine Kleider. „Buonasera, Signore."

Er hob stolz den Kopf, drehte er sich um und lief in die Richtung zurück, aus der er gekommen war. Den Blick des Polizisten spürte er noch in seinem Rücken.

Wäre es nicht so ernst gewesen, hätte Marco herzlich gelacht, aber er musste sich zusammenreißen, damit nicht doch noch seine Personalien aufgenommen wurden. Schon in seinem letzten Leben hatten ihn die Gesetzeshüter mit Argwohn betrachtet.

Tief inhalierte er die würzige Luft. Ihm blieb nur noch, den Heimweg anzutreten. Diese Begegnung war noch schätzungsweise harmlos verlaufen, den Studenten würde man nicht unbedingt glauben. Doch der Baron Chesterfield war bekannt in der Stadt.

Bezüglich seines Aussehens musste Marco sich dringend etwas einfallen lassen, er brauchte eine Maskerade. Ein Bart wäre von Vorteil, vielleicht ein Monokel oder eine Brille. Er würde den honorigen Herrn spielen und nicht mehr direkt erkannt werden. Ob er Vittorio so gefiele?

Von dem kleinen Zwischenfall musste er dem Dottore nichts erzählen, sonst würde er ihn anketten und er bekam ihn überhaupt nicht mehr mit der Nase nach draußen.

***

„Wie war dein Tag?", fragte Viktor, nachdem er Marco begrüßt hatte. Er war so unendlich froh, ihn zuhause anzutreffen, immerhin hatte er sich bereits die wildesten Dinge ausgemalt.

Marco hatte Speck gebraten und röstete gerade Brot. Ärmlicher konnte die Kost kaum sein, aber sie hatten die Reste des Stews bereits verdrückt. Es beschämte Viktor, ihm nichts Besseres bieten zu können. Morgen würde er zumindest Fish & Chips mitbringen, wenn er von der Arbeit kam.

Essen war wichtig für seinen südländischen Genießer, das wusste Viktor mittlerweile. Er selbst hatte sich über längere Zeit von rohen Kartoffeln ernährt, weil sie sättigten, billig waren und ihn gesund hielten. Selbst das Kochen war ihm zu viel der Mühe gewesen, man musste nur die grünen Stellen meiden. Das Solanin, das in Nachtschattengewächsen vorkam, hatte eine schwach toxische Wirkung. Viktor war nicht besonders wählerisch, was seinen Bauch füllte. In der wissenschaftlichen Askese war dies für ihn kein großes Opfer.

„Langweilig. Wir brauchen unbedingt erbauliche Literatur, Dottore." Schmunzelnd stellte Marco die Pfanne auf den Tisch und holte den Toast.

„Du hast meine ganze Bibliothek zur Verfügung", sagte Viktor und musterte Marco forschend. Seit wann war er so genügsam? War er wirklich im Haus geblieben und hatte aus dem Fenster geschaut? Seine ganzen Bedenken waren wohl umsonst gewesen.

„Da gibt es nichts für die Fantasie!", rief Marco und fuchtelte begeistert mit den Armen. „Ich liebe den blutrünstigen Edgar Alan Poe und die wundervollen Geschichten von Jules Verne. Hast du gelesen ‚Zwanzigtausend Meilen unter dem Meer'? Oder Oscar Wildes ‚Bildnis des Dorian Gray'. Diese Erzählungen nehmen dich mit in andere Welten."

Marcos Sprache wurde immer flüssiger, Viktor war stolz auf ihn, aber er schüttelte den Kopf. Diese Art von Büchern war pure Zeitverschwendung, er hatte nicht die Muße, faul herumzuliegen und zur Erbauung zu lesen. „Ich finde die reale Welt auch sehr spannend. Wissenschaftlich betrachtet, gibt es noch ausreichend Geheimnisse zu ergründen, sodass ich nicht auf Fiktion zurückgreifen muss."

Als Antwort bekam er nur ein Knurren. Marco schien ein wenig verstimmt zu sein. Gerade Oscar Wilde! Die mangelnde Diskretion dieses Mannes konnte für sie alle gefährlich werden. Immerhin war die gleichgeschlechtliche Liebe vor einiger Zeit unter Strafe gestellt worden und es brachte wenig, sich dagegen aufzulehnen. Provokationen würden nur zu rigoroser Verfolgung führen. Viktor war nicht gerade ein Anhänger dieses homosexuellen Literaten.

Sein Hirn arbeitete noch immer auf Hochtouren, um zu enträtseln, wie er etwas Flüchtigem wie der Seele auf die Spur kommen konnte. Diese Frage hatte Viktor gepackt und ließ ihn nicht mehr los.

„Wenn ich meinen Geist mit unnützem Tand füllen würde, wer sollte sich dann mit dem beschäftigen, was uns beiden widerfahren ist? Willst du nicht wissen, wie diese Seelenwanderung vonstattenging?" Mit einem aufgespießten Stück Speck deutete er auf Marco. „Das sollte doch gerade dich interessieren."

Beinahe wäre Marco von der Bank gesprungen, Viktor zuckte zusammen. Er musste sich erst an diese Temperamentsausbrüche gewöhnen.

„Denkst du wirklich, ich will das nicht wissen?" Es sprühte in den dunklen Augen und Viktors Herz überschlug sich fast. „Aber ich glaube nicht, dass die Naturwissenschaft die Disziplin sein wird, die eine Seele beschreibt. Man kann sie nicht destillieren und filetieren … oder sonst in ein Reagenzglas packen!" Marco schnaubte ungehalten.

„Dann lass hören, was du darüber denkst", forderte Viktor. Ihm ging das alles ein bisschen schnell. „Wollt ihr Philosophen sie in den Bereich der Märchen und des Glaubens stecken? So kann es keine Fortschritte bei der Erforschung geben, weil niemand etwas anpackt."

Marco stand ruckartig auf und Viktor griff sich schnell seinen Teller, falls er wieder den Tisch hochheben wollte. Grimmig schaute er zu ihm auf. Er hatte ein höchst anstrengendes Wesen zum Leben erweckt.

Sie starrten sich wortlos in die Augen, bis Marco begann zu lachen. „Zuccherino, träumst du nur vom Periodensystem und von Zerstückeln? Kann man dir nichts Zartes in die Hände geben, ohne dass du es sezierst? Ich möchte fliegen!"

Fliegen? Das war ein Menschheitstraum und vielleicht waren sie nahe dran, ihn umzusetzen. „Ikarus hat den Anfang gemacht und es ist erst vor zwei Jahren einem Franzosen gelungen, fünfzig Meter weit zu schweben. Immerhin eine Handbreit über dem Boden mittels Dampfantrieb", sagte Viktor lächelnd. „Ich bin zuversichtlich, dass es bald möglich sein wird. Die Technik steckt nur noch in den Kinderschuhen. Der menschliche Geist beherrscht die Materie."

„Vittorio!" Jetzt glühte es wirklich in Marcos Blick. „Ich rede von Schwerelosigkeit! Eine Seele! Den Wind überall spüren und aus eigener Kraft fliegen ... von, von Freiheit!" Energisch lief er um den Tisch herum und Viktor schluckte. Dann umfasste Marco seine Schultern und zog ihn hoch, um ihm ins Gesicht zu sehen.

„Etwas Feinstoffliches kannst du nicht einfangen. Ich war Licht, pure Energie, mit meinem Geist verknüpft", flüsterte Marco rau. „Wenn du das wissenschaftlich untersuchen willst, brauchst du die Regeln der Physik und der Parapsychologie. Mach deinen Kopf frei von den Schranken!"

Es wurde unbehaglich, Viktor versuchte, sich aus seinem Griff zu befreien, aber Marco hielt ihn eisern fest. Trotzdem musste er ihn unbedingt gedanklich einfangen. Parapsychologie ... oder diese ... diese Spiritisten! Der Begriff der Parapsychologie war noch sehr neu, er war erstaunt, das Wort aus Marcos Mund zu hören. Viktor hatte davon gelesen. Es bezeichnete dem Namen nach Dinge, die neben der Seele existierten. Tischrücken?

„Komme mir nicht mit diesen Scharlatanen, die Séancen veranstaltet haben, bei denen sie angeblich mit Toten kommunizierten. Diese Leute wurden von der Wissenschaft als Betrüger entlarvt. Noch vor Jahren gingen ihnen die Leichtgläubigen ins Netz, aber das ist zum Glück vorbei." Entrüstet starrte Viktor Marco an. „Vergleiche meine Arbeit nicht mit diesen Gaunern."

Plötzlich drängte Marco ihn nach hinten, bis Viktor die Wand im Rücken spürte. Dann zog er ihm den Kopf in den Nacken und küsste ihn ungestüm. Viktors Becken zuckte vor, als Marco seine harte Männlichkeit an ihm rieb, immer und immer wieder seinen Mund eroberte. Er drückte Viktor die Handgelenke mühelos über den Kopf und stieß ihm seine Zunge in den Mund.

Viktor zitterte vor Erregung, aber er spürte auch die überlegene Kraft, die in den Muskeln steckte. Angst keimte in ihm auf. Warum war Marco so gewalttätig?

Es erschreckte Viktor, wie sehr sein Körper darauf ansprach. In seinen Fantasien hatte er sich solche Dinge ausgemalt, doch er hätte niemals auch nur zu hoffen gewagt, er könnte sie tatsächlich erleben. Dieses Gefühl war schamlos, heiß durchrieselte es seinen Unterleib.

„Ist das gut?", fragte Marco atemlos vor seinen Lippen, als er endlich von ihm abließ. Er legte seine Hand auf Viktors rasendes Herz. „Wie ist es da?"

Es war Viktor unmöglich zu reden. Alles, was er tun konnte, war ihn völlig aufgelöst anzusehen. Sollte er nicken oder den Kopf schütteln? Sein verderbter Leib wünschte sich mehr von der groben Behandlung, aber seine Empfindungen dabei erschienen ihm falsch.

„Bitte, Marco …" Worum er ihn bat, wusste Viktor selbst nicht, aber er wollte nicht in dieser Art behandelt werden. „Nicht so."

„Werde ich dein Herz damit berühren?" Marcos Brustkorb hob und senkte sich schnell, doch er zwang Viktor, seinem Blick nicht länger auszuweichen, indem er sich sein Kinn entgegen hob.

„Nein." Seine Stimme zitterte und war kaum hörbar. „Nu-nur das Feuer meiner Lenden." Er schluckte hart, als Marcos Hand sich langsam tiefer bewegte.

„Sich mich an." Marco raunte ihm die Worte zu und leckte zärtlich über seine Unterlippe. „Sollen wir uns der Wahrheit mit Gefühl nähern? Weil auch dein Herz etwas Zerbrechliches ist?"

„Marco", stöhnte Viktor, als die Finger behutsam tastend seinen Bauch hinab wanderten und sich dann über seine Härte legten. Mit sanftem Druck massierte Marco ihn, gleißende Wellen rieselten durch Viktors Unterleib. Doch am meisten genoss er ihren Kuss. Er verlor sich in dem seidigen Flattern.

„Was ist die Wahrheit?"

Zu seinem Bedauern ließ Marco von ihm ab und musterte ihn intensiv. „Sehnsucht, Begehren … sich nach jemandem zu verzehren. Wärest du je so töricht, ein Herz aufzuschneiden, nur, um diese Empfindungen einzufangen?", flüsterte er rau vor seinen Lippen.

Vehement schüttelte Viktor den Kopf. „Gefühle kann man nicht auffangen, sie entstehen durch chemische Prozesse im Hirn", antwortete er beinahe unwirsch, weil Marco ihn anscheinend für so dumm hielt.

„Dann kannst du sie also als Lösung in einem Reagenzglas schaffen? Wenn ich das trinke, empfinde ich … Liebe, Vittorio?"

Viktor atmete tief ein und schluckte.

„Wo bilden sich diese zarten Bande?", fragte Marco. „Im Kopf oder in der Brust?"

Schnaubend wandte sich Viktor ab und starrte zum Fenster. Sein Blut stand gerade nicht zur Verfügung, um solche wissenschaftlichen Streitgespräche zu führen, noch wollte er es.

Warum lernte Marco so schnell, seine Sprache zu nutzen wie ein Skalpell? Als er noch ungelenke Sätze formuliert hatte, war er ein weniger gefährlicher Gegner gewesen. Sein Geschöpf war renitent und aufrührerisch!

„Aaaah, der große Wissenschaftler hat keine Ahnung von l'amore, wie ich es vermutet habe. Er versteht selbst seine eigenen Wünsche nicht", stellte Marco triumphierend fest und drehte sich Viktors Gesicht erneut entgegen. Tief schaute er ihm in die Augen. „Morgen gehen wir in den Ghost Club, ich habe eine Annonce in der Zeitung gesehen. Wenn es Geistererscheinungen und ein Leben nach dem Tod gibt, können wir uns dort auch der Seele nähern."

Noch immer grummelte Viktor vor sich hin und er hätte Marcos Worte gern ausgeblendet, doch der Blick durchdrang ihn bis zu den Fußspitzen. Wenn er diesem Dickkopf nicht seinen Willen ließe, würde er auf eigene Faust losziehen. Das war in Viktors Augen noch viel schlimmer, denn Marco wäre den Scharlatanen hilflos ausgeliefert – ohne seinen kritischen Verstand.

„Wenn ich in deinen obskuren Plan einwillige, hörst du dann auf, zu reden?", knurrte Viktor, doch er seufzte innerlich, als er Marcos Lippen auf seinem Mund spürte. Auf diesem Gebiet durfte er ihn gern in ausgedehnte Diskussionen verwickeln.

„Ich werde reden, aber mit meinen Händen und den Fingern. Du wirst meine Zungenfertigkeiten preisen, Dottore", sagte Marco lachend, als er ihn auf seine starken Arme nahm. „Ich bevorzuge empirische Methoden. Nutzen wir die Feldforschung und sammeln Daten. Dann gibt es sicher wiederholbare Experimente ... auf deiner Matratze."

Immer wieder dieser Spott und Marco schlug ihn auch noch mit seinen eigenen Waffen. Viktor konnte diesem Kerl nicht widerstehen.

Kapitel 7

Als Marco die Augen aufschlug, lächelte er, denn Vittorio lag neben ihm und schien ihn an diesem Morgen nicht verlassen zu wollen. Der Stand der Sonne verriet ihm zumindest, dass es bereits später war.

Sein Dottore hatte sich an ihn gekuschelt und Marco zog sich nur leicht zurück, um ihn besser betrachten zu können. Wie würde es Vittorio wohl stehen, wenn er mehr Sonnenschein abbekäme? Das Licht von Marcos südlicher Heimat würde seine Haut zum Strahlen bringen und diese ungesunde Blässe vertreiben. London mit seinen tiefen Häuserschluchten konnte selbst eine Frohnatur trübsinnig werden lassen.

„Ich bin noch immer da, Zuccherino", flüsterte Marco und hauchte einen Kuss auf Vittorios Stirn. Als Antwort bekam er ein flüchtiges Lächeln von ihm, bevor der Dottore wieder ins Reich der Träume glitt. Hatte er vergessen, seinen seltsamen Kasten, den er als Tischuhr bezeichnete, aufzuziehen? Marco kannte nur Taschenuhren oder Standuhren mit großen Pendeln. Aber in diesem Haushalt war alles fein geregelt und organisiert, so überließ Vittorio auch das Aufwachen nicht dem Zufall. Der hämmernde Laut der Glocke sorgte für einen erschreckenden Tagesbeginn.

Doch heute war alles ein wenig anders und Marco genoss es. So hatte er noch Zeit, an den vergangenen Abend zurückzudenken, während er den warmen Körper neben sich spürte. Vittorio hatte sich gern von ihm zu frivolen Spielchen verleiten lassen, doch er war zu gehemmt gewesen, um sich auf mehr als lustvolles Streicheln einzulassen.

Das störte Marco nicht. Er griff den Gedanken von gerade erneut auf und lehnte sich genüsslich im Kissen zurück. Ja, er war noch da … Dieses zweite Leben war anscheinend kein Geschenk auf Zeit, er war wirklich dauerhaft in diesen Körper gefahren. Auf dieser Grundlage ergab es einen Sinn, sich über ihre Zukunft Gedanken zu machen. Sein erstes Ziel war es, das Mysterium zu ergründen, das dieses Wunder möglich gemacht hatte.

Dafür war er genau am richtigen Ort. In London interessierte man sich sehr für das Übernatürliche, wenngleich sich die Spiritismusbewegung der letzten Jahrzehnte nicht gerade würdevoll verabschiedet hatte. Aber Marco glaubte an die Parapsychologie, die den wissenschaftlichen Ansatz weitergeführt hatte. Es war typisch für Vittorio, diese Leute mit den Betrügern in einen Topf zu werfen, die in Séancen vorgetäuschte Jenseitskontakte dramatisch in Szene gesetzt hatten.

So einer Beschwörung hatte Marco beigewohnt, immerhin galten sie auch in gehobenen venezianischen Kreisen als schick. Außer viel Schau war wohl nichts drangewesen, als das angeblich besessene Medium mit einer verstellten Stimme gesprochen und wilde Verwünschungen ausgestoßen hatte. Der Wahrheitsgehalt der Aussagen war ihm schon damals fraglich erschienen und das ganze Theater suspekt – trotzdem hatte es Marco beeindruckt. Der morbide Grusel solcher Darbietungen war faszinierend. Doch er würde Vittorio keinen Anlass geben, sich über seine Naivität lustigzumachen.

Aaah, Venezia … Marco hatte großes Heimweh. Aber bevor er bereit war, London zu verlassen, würde er die Möglichkeiten dieser noch jungen Wissenschaft ausloten. Konnte die Parapsychologie seine Seelenreise erklären?

Doch wie sollte er diese brennende Frage stellen, ohne Vittorios Freveltat zu enthüllen? Glücklicherweise würde ihn der Dottore begleiten, sodass er nicht in diesen Erklärungsnotstand kam. Aber auch Vittorio musste eine schlüssige Begründung liefern, wie Marcos Persönlichkeit in ihrer Gesamtheit diesen Körper belebt hatte, wenn er die Herrschaften nach ihrer Meinung fragen wollte.

Vielleicht fiel ihm etwas anderes ein. Was diesen Leib anging, gab es wohl mehr als ein wundersames Ding, denn er funktionierte erstaunlich gut. Das Herz pumpte nicht nur Blut, es zog sich auch angenehm zusammen, wenn Vittorio im Schlaf die Nase an Marcos Haut rieb.

Und von den unteren Gefilden war er noch immer mehr als begeistert. Prall und stramm stand der Kamerad vor seinem Bauch, weil er am Morgen überaus unternehmungslustig war. Wie gern wollte er in Vittorios warme Enge tauchen, aber er würde ihm die Zeit lassen, die er benötigte, um diesen Schritt mit ihm zu gehen.

Da traf Marco eine Idee. Vielleicht sollte er Vittorios Vorstellungsgabe ein wenig auf die Sprünge helfen, indem er ein paar anschauliche Zeichnungen anfertigte. Die Prüderie der Engländer hatte Marco schon öfter erstaunt, aber dem konnte sicher Abhilfe geschaffen werden.

Vorsichtig zog er seinen Arm unter Vittorios Nacken hervor und bettete seinen Kopf auf das Kissen. Wenn er die Bilder, die ihm gerade durch den Kopf spukten, gleich zu Papier brachte, konnte sein Zuccherino an der Begierde teilhaben, während Marco sich selbst bespielte. Das tat er gern, selbst seine geläuterte Seele war dem Vergnügen zugeneigt, und er war dankbar dafür. Was wäre es für ein Leben gewesen, wenn er plötzlich keusch geworden wäre?

Mit einem letzten Blick auf Vittorios wunderschönes Gesicht, stand Marco leise auf. Nachdem er Zeichengerät und ein Blatt hervorgeholt hatte, setzte sich an den Tisch. Papier war teuer, also würde er mehrere Darstellungen kombinieren. Wie gut, dass er nur eine Hand benötigte, um die Feder über die raue Oberfläche gleiten zu lassen.

Als er sein Fleisch berührte, ging ein Schauer durch Marcos Körper. Je schneller sich seine Finger über die köstliche Gerätschaft bewegten, desto delikater gingen ihm die Bilder von der Hand. Jetzt galt es nur, sein Zittern zu unterdrücken und keine verräterischen Flecke zu hinterlassen.

„Das ist dir gewidmet, Dottore. Die Schöpfung hat noch viele Geheimnisse für dich zu entdecken. Dieser Saft ist Leben, ganz wie der göttliche Funke", flüsterte er bebend, bevor er sich mit einem Lappen reinigte. Jetzt konnte er entspannt das Frühstück bereiten.

***

„Hör zu, Marco, bitte überlasse das Reden mir. Der Ghost Club unterscheidet sich nicht viel von anderen Gentlemen's Clubs, es gelten also besondere Regeln", sagte Vittorio und schaute ihn eindringlich an, doch sein Blick wanderte immer wieder zurück zu dem Papier mit seinen wirklich gelungenen Zeichnungen.

Marco freute sich diebisch über das rote Leuchten auf Vittorios Wangen und auch über die anderen körperlichen Reaktionen, die er deutlich wahrnehmen konnte.

„In welchem Club bist du Mitglied?" Es war eine gemeine Frage, das wusste Marco. Doch er respektierte keine Versammlung aufgeblasener Geldsäcke, so sehr sie sich ihrer gesellschaftlichen Bedeutung auch bewusst sein mochten.

„Wie du weißt, besitze ich kein Vermögen und auch kein besonderes Ansehen", gab Vittorio zerknirscht zurück. „Wir können froh sein, wenn man uns empfängt."

„Du bist ein Genie und von höherem Wert als diese honorigen Herren." Je mehr Marco darüber nachdachte, desto klarer wurde er sich über seine Pläne. Sein Dottore war ein begnadeter Chirurg, er sollte nicht länger hinter seinen Möglichkeiten bleiben. Aber da fiel ihm plötzlich etwas ein.

„Ich sollte mich als Marco Dandolo vorstellen. Dieser Baron Chesterfield ist sicher bekannt in der Upper Class, richtig?" Am liebsten hätte er eine Maske getragen. Er hatte Vittorio noch immer nicht erzählt, von Jonathans Kommilitonen öffentlich bloßgestellt worden zu sein. Das war eine gefährliche Situation und sollte sich besser nicht wiederholen. Aber er freute sich zu sehr auf ihren gemeinsamen Besuch in dem Club, als dass er dies als Problem darstellen wollte.

„Man wird zu höflich sein, mich auf die frappierende Ähnlichkeit mit einem Toten anzusprechen", fügte Marco hinzu. So kannte er die gehobene Gesellschaft. Erst nach ihrer Verabschiedung würde hinter ihrem Rücken gemutmaßt werden. Das war in Venezia nicht anders und dort wurde übel getratscht.

Vittorio war blass geworden und schluckte. „Es ist sehr riskant, Marco. Wenn man dich dort erkennt, können wir in Teufels Küche kommen. Ich bin zwar extra meiner Arbeit ferngeblieben für diese Konsultation, aber vielleicht wäre es besser, sie abzusagen."

Niemals! „Habe ich dir schon gesagt, wo ich dich mit meiner Zunge berühren möchte? Überall …", hauchte er Vittorio zu und schmunzelte über seinen eigenen Ablenkungsversuch. Da des Dottores Beinkleider noch immer unter Spannung standen, konnte er damit erfolgreich sein. Auch in Marcos Unterleib kribbelte es.

„Habe ich den Teufel mit der Erwähnung seines Namens herbeigerufen?, fragte Vittorio schwach lächelnd und fing Marcos Hand ein, die sich an seiner interessanten Beule zu schaffen machen wollte. „Lass mir diesmal ein wenig Blut im Hirn."

Offensichtlich kreisten seine Gedanken noch immer um die Gefahr der Entdeckung, aber dann schaute Vittorio ihn fragend an: „Überall? Ich meine … *überall?*"

Mit einem Nicken bestätigte Marco seine Annahme. „Wirklich ohne Ausnahme. Vielleicht sogar dort ganz besonders."

Seine Mundwinkel zuckten, als er sah, wie Vittorio hart schluckte. Jetzt hatte er ihm ein weiteres Bild eingepflanzt, das für sein Vorhaben arbeiten würde. Wieder glühten Vittorios Wangen und es würde nicht mehr lange dauern, bis er sich mit der Vorstellung angefreundet hatte. Da war sich Marco sicher, er brauchte nur noch ein wenig Geduld. Es wummerte in seiner Brust, wenn er daran dachte, wie sehr es dem Dottore gefallen würde.

„Wir sollten gehen. Am besten zu Fuß, denn ich muss mich noch ein wenig beruhigen, um wieder wie ein Gentleman auszusehen", grummelte Vittorio und zog seinen Binder fest. „Satansbraten!"

Jetzt war wohl wirklich nicht der richtige Moment, um amourösen Dingen nachzugehen. Obwohl sie ein wundervolles Paar abgaben, wie Marco ein schneller Blick in den Spiegel verriet. Er besaß zwar nicht die Garderobe, um sich herauszuputzen, aber das war wohl auch unnötig.

Galant reichte er Vittorio seinen Arm. „Wäre es nicht schön, so eingehakt über die Straße zu flanieren und die anderen Passanten freundlich zu grüßen?"

„Du hast gefährliche Träume, Marco aus Venezia." Vittorio lächelte und neckte ihn, indem er ihm seine Handschuhe sanft ins Gesicht schlug. „Selbst vor dem offiziellen Verbot hätte kaum jemand mit einer gleichgeschlechtlichen Verbindung dies gewagt."

Marco nickte. Oh schweige still, törichtes Herz. Auch in seiner Heimat war es nur während des Karnevals üblich, sich offen so zu zeigen.

„Habe ich dir erzählt, wie ich gestorben bin?", fragte er plötzlich, denn Vittorios kleine Geste hatte eigenartige Gefühle in ihm geweckt. „Es ist zwar etwas rückständig, sich zu duellieren, aber mich hat eine Kugel mitten in die Stirn getroffen. Die beschmutzte Ehre einer Frau hat mich getötet … wobei das beinahe ein böser Schabernack des Schicksals war."

Vittorios Blick war nachdenklich, als er ihn ansah. „Das ist furchtbar", murmelte er abwesend. „Es ist nicht sehr methodisch, einen tieferen Sinn hinter der ganzen Konstellation zu vermuten, aber vielleicht bringen uns diese Pseudowissenschaftler tatsächlich weiter. Ich werde versuchen, mich den Ergebnissen ihrer Arbeit nicht zu verschließen, denn ich dürste in dieser Frage nach neuen Erkenntnissen."

„Darin sind wir uns einig." Marco war sich völlig bewusst, jetzt zum ersten Mal gemeinsam mit Vittorio die Welt dort draußen zu betreten. Er fühlte sich schon lange nicht mehr als Monster, doch der Dottore war auch nicht sein Schöpfer. Es hatte ihn bereits vorher gegeben und eine unerklärliche Vorsehung hatte sie zusammengeführt. Marco kam das sehr wohl methodisch vor, doch es würde auf die Fragen ankommen, die gestellt wurden.

***

„Sir Arthur McGillicuddy ist jetzt bereit, Sie zu empfangen, Gentlemen", sagte ein Mann mittleren Alters, der ganz besonders steif auf Marco wirkte. Das musste einer dieser Butler sein, mit denen die britische Gesellschaft sich gern umgab. Er selbst hatte auch einen Leibdiener gehabt, aber sein Angelo war kein Langweiler gewesen, sondern höchst amüsant.

Marco runzelte die Stirn, als er Vittorios unterwürfige Haltung bemerkte. Sein Dottore musste sich nicht kleinmachen, also hob zumindest Marco den Kopf und nickte dem vornehmen Diener zu. Immerhin war er der Sohn eines Patriziers und sein Vater hatte im venezianischen Senat gesessen, bevor er in den Ruhestand gegangen war. Vielleicht sollte er den Titel führen, den sein Bruder geerbt hatte, ein *Duca* würde ihnen vielleicht mehr Respekt einbringen. Das hatte den Rang eines Herzogs, aber es war unter Marcos Würde, zu solchen Mitteln zu greifen.

Sie wurden in einen hohen Raum mit Ledersesseln und seidener Wandbespannung geführt, durch dessen Oberlichter fahles Sonnenlicht schien. Unter der Decke hingen Rauchschwaden. Es saßen einige Clubmitglieder an kleinen Lesepulten, in ihre Lektüre vertieft. Sie schauten kaum hoch, als sie an ihnen vorbeiliefen.

„Reginald Powers." Mit diesem Namen und einem Nicken begrüßte sie ein dicker älterer Herr im Smoking, der eine Zigarre rauchte. Eigentlich sah es mehr so aus, als würde sein voluminöser Schnauzbart qualmen. „Sir Arthur wird gleich zu uns stoßen."

„Dottore Viktor Frankenstein und Signore Marco Dandolo", übernahm Marco gleich die Vorstellung für sie beide und drückte Powers die Hand. Vittorio tat es ihm gleich und bewahrte diesmal etwas mehr Haltung. Das war gut, denn ein gerader Rücken stand ihm viel besser.

„Wir sind wegen einer wichtigen Fragestellung hier, Mr. Powers. Sollen wir auf Sir Arthur warten, oder soll ich Ihnen unser Anliegen bereits erläutern?"

Natürlich ging Vittorio gleich auf das Ziel los und verschwendete keine Zeit. Marco fragte sich, ob er nicht lieber das Wort ergreifen sollte. Es wäre klüger gewesen, nicht gleich den Heiligen Gral anzusteuern, wenn man die Konkurrenten noch nicht einschätzen konnte. Das war taktisch ungeschickt.

„Vielleicht wären Sie so freundlich, uns schon

einmal mit Ihrer bisherigen Arbeit vertraut zu machen", warf Marco auch sogleich ein, bevor Powers etwas sagen konnte. „Die Wissenschaft der Parapsychologie ist noch sehr jung, es würde mich brennend interessieren, wie Ihre technischen Ansätze aussehen."

Powers hatte sie in eine abgelegene Sitzecke geführt, wohl, damit sie die anderen Herren nicht bei ihren Studien störten, denn von dort kam öfter ein unmutiges Zischen.

„Nehmen Sie Platz, ich kann Ihnen gern einen kurzen Überblick geben." Der Mann ließ sich in einen Ohrensessel fallen und schaute sie aus lebhaften Augen an. „Unser größter bisheriger Erfolg war wohl die Entlarvung der sogenannten Spiritisten als Betrüger."

Amüsiert betrachtete Marco Vittorios Züge, die sich erhellten. Offensichtlich wähnte er sich sofort im Kreise ernst zu nehmender Wissenschaftler, als er dies hörte. Mit ein wenig Glück waren sie diesmal beide einer Meinung bezüglich des weiteren Vorgehens.

„Wir haben die vorgetäuschten Jenseitskontakte und Möbelrückereien in vielen spiritistischen Sitzungen als simple Tricks entlarvt, die ein zahlungskräftiges Publikum in die Irre führen sollten. Die meisten Medien, die vorgaben, Verstorbene durch sich sprechen zu lassen, waren nur geschickte Darsteller, wobei es gar nicht so einfach war, ihnen ihre Scharlatanerie nachzuweisen", führte Powers fort. „Ihre Anhänger waren oft nicht bereit, die Täuschungen als solche anzunehmen, weil sie daran glauben wollten."

Vittorio schnaubte. „Dann haben Sie also diese ganzen Dinge als Lügen entlarvt. Das ist mir sehr sympathisch, denn nur empirische Methoden kommen bei Experimenten zu wiederholbaren Ergebnissen. Allein das ist ernst zu nehmende Wissenschaft."

Powers' Gesichtsausdruck wurde starr. Dann hob sich sein Blick, als stünde jemand hinter ihnen. Marco war versucht, sich umzudrehen.

„Nicht alle Phänomene lassen sich messen und in ein Schema pressen. Ich bin ein Medium, das wirklich mit der Geisterwelt kommunizieren kann. Nicht alles ist Lug und Trug", erklang ein wenig verschnupft eine Stimme. „Ich bin Arthur McGillicuddy, meines Zeichens die ‚Brücke ins Jenseits'."

Ein blässlicher Mann mit eigenartig gestutztem Backenbart kam in ihr Blickfeld, verbeugte sich kurz und ließ sich in dem verbliebenen Sessel nieder. „Meine Fähigkeiten haben sich immer wieder bewährt, doch lassen sie sich mit unseren technischen Möglichkeiten noch zu keinem Beweis führen."

Schmunzelnd betrachtete Marco den Neuankömmling und schaute dann Vittorio an, der ein wenig betreten wirkte. Da hatte er seine Meinung wohl ein wenig vorschnell hinausposaunt.

„Dürfte ich fragen, mit welcher Begabung Sie genau gesegnet sind?", sprang Marco in die Bresche. Das weckte wirklich seine Neugier, denn vielleicht konnte dieser Arthur ihnen helfen. „Wie sind Ihre Kontakte geartet und sprechen Sie direkt mit Verstorbenen?"

Der Gute wirkte ein wenig nervös, vielleicht sah er in Vittorio einen großen Skeptiker, denn er behielt ihn sehr genau im Auge, während er redete: „Ich arbeite zusammen mit einem dienstbaren Geist, der die gewünschten Informationen erhält und sie an mich weiterleitet. Während der Untersuchung eines von Spuk heimgesuchten Hauses gelang es zudem einer der dort herumirrenden Seelen, in mich einzufahren, um eine Botschaft zu übermitteln."

Marco verstand: Wenn es keine Mittel gab, seine Fähigkeiten zu beweisen, war auch Sir Arthur in Gefahr, ein Scharlatan genannt zu werden.

„Wir versuchen, mittels der noch recht unerforschten Hypnose einen Nachweis für meine Kräfte zu erbringen. Außerdem gibt es eine neue Methode zur Kontaktaufnahme, die sich Ouija-Brett nennt. Haben Sie bereits davon gehört? Sie könnten an einer solchen Sitzung teilnehmen. Unter kontrollierten Bedingungen, hier in unserem Hause", bot Sir Arthur an.

„Moment", sagte Vittorio und blinzelte verwirrt. Den Ausdruck kannte Marco, er wirkte ein wenig überfordert. „Sie reden von der Macht der Suggestion? Können Sie mir sagen, womit Sie da sprechen? Ich habe von dieser Hypnose gelesen, aber keine Vorstellung, wie sie funktioniert."

Jetzt meldete sich Powers wieder zu Wort, er beugte sich zu Vittorio. „Dabei wird der Verstand abgelenkt, damit man an einen tiefen Bereich des Bewusstseins kommt. Es ist ein Zustand, wie ihn auch Eingeborene aus unseren Kolonien kennen, wenn sie sich in Trance tanzen. Ähnlich eines Drogenrauschs, die Augenlider zucken unwillentlich und man sagt die Wahrheit. Es hat wohl irgendwie mit Magnetismus zu tun."

Sir Arthur hatte ihm mit leicht geöffnetem Mund zugehört. Augenscheinlich war er nicht besonders begeistert, auf diese Weise behandelt zu werden. Doch er war das Untersuchungsobjekt und konnte sich dem nur schwerlich entziehen.

Auch Vittorio hatte an Powers' Lippen gehangen. In seinem Kopf arbeitete es sicher angestrengt, Marco sah seine Anspannung. „Ist die menschliche Seele auch ihr Forschungsgebiet?", platzte der Dottore förmlich heraus.

„Natürlich ist sie das." Arrogant musterte ihn Sir Arthur, als wäre allein die Frage eine Beleidigung. „Wir erforschen sie auf unterschiedlichen Wegen. Hauptsächlich geht es um ihren Zustand nach dem Tod, indem wir Jenseits- oder Geisterkontakte pflegen. Und dann gibt es zudem Erscheinungen, denen wir auf den Grund gehen, wie zum Beispiel strahlenden Lichtkugeln auf Totenfotografien."

Ein kalter Schauer kroch über Marcos Rücken. „Sie meinen wirklich, es gibt Aufnahmen von Verstorbenen, auf denen man den Austritt der Seele sehen kann?"

Er fand diese Art von Bildern grauenhaft. Zum Glück war es in seiner Heimat nicht so verbreitet, die jüngst Verblichenen allein oder im Kreis der Familie von einem Fotografen ablichten zu lassen. Es gab regelrechte Experten auf dem Gebiet, die die Toten so lebhaft wirken lassen konnten, als würden sie schlafen oder sich ihrer Lieblingstätigkeit widmen. Sogar die Augen wurden teilweise aufgemalt.

Das verursachte Marco eine Gänsehaut, obwohl er nachvollziehen konnte, dass die Hinterbliebenen eine Erinnerung an einen lieben Menschen, meist sogar ein Kind, behalten wollten.

Ob jemand ein solches Bild von ihm besaß? Sicher war er kein schöner Anblick gewesen mit dem Loch in der Stirn. Aber vielleicht stand auch eine Fotografie auf dem Kaminsims seiner Eltern. Sie konnten sich das leisten, auch wenn er der Jüngste von Neunen war. Er hoffte, sie hatten ihn nicht einfach vergessen.

„Ob ich wohl so eine Lichtbildaufnahme sehen könnte, auf der man eines dieser Leuchtphänomene beobachten kann?", fragte Marco tonlos, sein Mund war plötzlich sehr trocken.

Vittorios Hand zuckte kurz in seine Richtung, er hatte ihn berühren wollen, aber es dann doch lieber gelassen. Dafür schickte er ihm ein Lächeln.

„Wenn Sie wiederkommen und unserem Experiment mit dem Ouija-Brett beiwohnen, suche ich Ihnen ein paar Belege aus unserem umfangreichen Archiv. In zehn Jahren emsiger Forschung sammelt sich so einiges an."

Powers lächelte huldvoll, wobei Marco sich des Gefühls nicht erwehren konnte, dass ihre Anwesenheit bei einer Veranstaltung erwünscht war, die ihnen vielleicht Schaden zufügte. Zu erpicht war dieser Mann darauf, die Zusage ihrer Teilnahme zu erhalten.

„Wir benötigen scharfsinnige Beobachter, die die Richtigkeit aller Ereignisse bezeugen können, dabei sind uns Unbeteiligte am liebsten. Sie sind beide gebildete Gentlemen und wir haben auch einen Notar als Gast eingeplant", erklärte Sir Arthur mit eindringlichem Blick.

Wahrscheinlich waren ihm Mitglieder des Clubs weniger lieb als Publikum – oder die gehobene Gesellschaft. Schließlich stand Arthurs Ruf als Medium auf dem Spiel und, wenn das Experiment schiefgehen sollte, konnte er darüber Stillschweigen bewahren. Als Zeugen waren sie wohl gut genug, zumal er Vittorio für einen promovierten Mediziner hielt.

„Wir werden da sein", bestätigte Vittorio, den es anscheinend ebenfalls gepackt hatte. „Dann danke ich Ihnen für Ihre Mühen und Ihre Zeit. Sie waren uns eine große Hilfe und ich werde unser Anliegen noch mit Mister Dandolo diskutieren, da wir nun wertvollen Einblick in die Arbeit des Ghost Clubs erhalten haben."

Er stand auf und schaute Marco an. „Wir empfehlen uns bis zum anberaumten Termin für die Sitzung."

Powers reichte Vittorio eine edel bedruckte Karte, auf die er ein Datum und eine Uhrzeit geschrieben hatte. „Bitte entschuldigen Sie den wenig offiziellen Charakter dieser Einladung, aber unter den gegebenen Umständen verzichten wir auf Förmlichkeiten."

Sie verabschiedeten sich und standen dann wieder auf der belebten Straße, die nach der muffigen Luft des Salons befreiend wirkte. Seinen tiefen Atemzug bereute Marco jedoch sofort. Das Kratzen im Hals wurde verursacht von den dunklen Wolken, die aus vielen Fabrikschloten kamen.

Er fieberte diesem Treffen schon jetzt entgegen. „Kannst du dir das vorstellen? Wir sehen vielleicht eine Seele als Fotografie. Damit wäre der Beweis ihrer Existenz erbracht, oder sehe ich das falsch?", fragte er Vittorio und schaute ihn durchdringend an. „Erwarte ich zu viel? Sicher hätten die honorigen Herren es publik gemacht, wenn sie eine derartige Sensation in den Händen hielten."

Ein wenig abwesend erwiderte Vittorio seinen Blick. „Ich bin nicht sicher, ob ich der Methodik dieser Leute Vertrauen schenke. Es kommt mir vor, als erfänden sie selbst Mittel, um ihren Behauptungen einen objektiven Anschein zu geben."

Marco nickte, da stimmte er Vittorio zu. Es wirkte schon beinahe verzweifelt, wie die noch viel zu wenig erforschte Hypnose als neue Möglichkeit gesehen wurde, die Fähigkeiten eines Mediums zu untermauern. Das hielt selbst er für ein wenig an den Haaren herbeigezogen. Aber die Fotografie war bisher über Fälschungen erhaben, sie konnte also Beweise liefern.

„Ich muss viel an mein Zuhause denken. Es ist nicht fraglich, dass ich gestorben bin. Aber ich begreife die Gnade, die in einer Wiedergeburt ohne die Erinnerungen an vergangene Leben steckt,", sagte Marco leise und fing ein Lächeln von Vittorio ein.

„Denkst du wirklich, es gäbe weitere Einsätze der Seele nach dem Tod? Die christliche Sicht betrachtet das Leben nur als Vorstufe des Paradieses."

Solche Worte aus Vittorios Munde? Das verwirrte Marco, er hatte ihn nicht als religiös eingeschätzt. „Sagt das der Wissenschaftler in dir?"

Vittorio blinzelte verwirrt. „Ich bin mir eigentlich vieler Dinge nicht länger sicher. Habe ich deine Seele in diesen Körper gezwungen, obwohl sie ihre Zeit auf dieser Welt bereits hinter sich hatte? Oder habe ich nur vorweggenommen, was ohnehin passiert wäre? Aber du sagst es: Es ist nicht natürlich, von seinem alten Leben zu wissen. Und daher quälst du dich, was meine Schuld erhöht."

Solche Gespräche führte man nicht auf der zugigen Straße. Darum nahm Marco Vittorios Arm und schob ihn sanft auf den Eingang einer Bar zu. „Es ist eine hervorragende Zeit, eine Erfrischung zu nehmen. Ich habe Durst, da man uns in diesem noblen Club noch nicht einmal ein Getränk angeboten hat. Erlaubt deine Barschaft eine Begegnung mit der grünen Fee?"

Es war beschämend, kein eigenes Geld zu besitzen, doch Marco hatte noch keine reelle Möglichkeit gefunden, zum Unterhalt ihrer Gemeinschaft beizutragen. Auch das war ein wichtiger Punkt auf seiner Liste zur Planung ihrer Zukunft.

„Du sollst deinen Absinth haben", gab Vittorio nach und ließ sich in eine Nische geleiten, nachdem sie den Schankraum betreten hatten. Die Atmosphäre gefiel Marco, sie hatte etwas Intimes, obwohl die Bar für diese Zeit gut besucht war. Nur zu gern hätte er seinen Zuccherino in der Abgeschiedenheit ihrer Wohnung mit dem sinnlichen Getränk vertraut gemacht. Zumindest für ihn hatte es den verruchten Beigeschmack der Sünde.

Marco übernahm die Bestellung und war selbst erstaunt, wie leicht ihm die Sprache mittlerweile über die Lippen kam. Vielleicht war ihm Jonathans Hirn eine Hilfe, aber er hatte auch viel gelesen und versucht, seine Gedanken auf Englisch zu formulieren. Das hatte er schon immer schnell beherrscht, doch es dürstete ihn danach, wieder heimatliche Klänge zu hören.

„Leg den Zucker hier hinauf", schnurrte Marco, als sie die Gläser mit der grünen Flüssigkeit gebracht bekommen hatten und er den großen Absinthlöffel mit den Löchern darüber platzierte. „Es ist mehr eine Geisteshaltung als ein Ritual … sei bereit, dich bezaubern und verführen zu lassen."

Schmunzelnd schüttelte Vittorio den Kopf. „Du bist so ein Märchenerzähler. Es ist nur ein Mythos, der diesem Zeug zugeschrieben wird."

Als er dies hörte, verdrehte Marco die Augen,

nahm die Kanne und versuchte, das Wasser tropfenweise über den Zuckerwürfel zu träufeln. Wenn es in den Absinth eintauchte, färbte es ihn langsam milchig. Mehr Spaß hätte es gemacht, wenn sie einen Spender mit kleinen Tropfhähnen auf dem Tisch gehabt hätten, aber sie waren eben in London, nicht in Paris. Marco hatte diese Stadt einmal besucht und war begeistert von ihr.

Er beugte sich zu Vittorio und raunte ihm ins Ohr: „Gestern Abend habe ich dich zum Schweben gebracht – und ich habe keine Flügel erkennen können. Wie erklärst du dir das?"

Mit einem Lächeln betrachtete er Vittorios Verlegenheit. Die Röte seiner Wangen war ihm sehr vertraut und sie löste einen Sturm wilder Gefühle in seinem Herzen aus.

„Auf Magie musst du dich einlassen, bevor sie dich berühren kann", setzte Marco hinzu. „Soll ich wirklich Opium mit dir rauchen, bevor ich dich mal ein bisschen lockerer bekomme?"

„Rauschmittel?"

Der entsetzte Augenaufschlag ehrte den Dottore. Mit Sicherheit kam er problemlos an Morphin in der notwendigen Dosierung, aber es gab schon genug kluge Köpfe, die sich eher betäubten als beflügelten.

„Auch ich bin ein Rauschmittel, wenn du mich lässt", flüsterte Marco und widmete sich wieder seiner grünen Fee. Statt ihm zu antworten, nahm ihm Vittorio den Krug aus der Hand und ließ einen dünnen Wasserstrahl über den Zucker laufen. Anscheinend musste er sich ablenken und seinem Blick ein anderes Ziel geben.

„Du machst mich ganz zittrig."

Dieses Geständnis ließ Marcos Puls schneller werden. Aber dann zog ein junger Mann, der gerade die Bar betreten hatte, seine Aufmerksamkeit auf sich. Er kannte ihn … er hieß Jeremy und war … Ein Schmerz zog sich plötzlich durch Marcos Kopf und er stöhnte leise, während er sich an die Schläfe fasste.

„Ist alles in Ordnung mit dir?", fragte Vittorio besorgt. „Du bist ganz blass geworden."

Marco schluckte und versuchte, sein Gesicht abzuwenden, doch es war bereits geschehen. Dieser Jeremy hatte ihn erkannt und starrte ihn fassungslos an.

„Es gibt Ärger, Dottore. Ich erinnere mich an diesen Kerl dort drüben, er war Baron Chesterfields Geliebter. Er kommt her …", erklärte er.

Fragend sah ihn Vittorio an. „Sagtest du *erinnern*? Hast du schon einmal solche Einblicke in Jonathans Gedächtnis erhalten?" Jetzt wirkte er umso aufgeregter, der Wissenschaftler schien durch seine Faszination das wahre Leben zu vergessen. Da musste Marco wohl tief in die Trickkiste greifen.

„Ein einziges Mal", antwortete er Vittorio und nahm schnell einen großen Schluck aus seinem Glas, denn er würde ihn brauchen. Aus dem Augenwinkel sah er Jeremy bereits neben sich stehen, wobei dem Burschen anscheinend der Schreck die Zunge lähmte.

„Jona-Jonathan", flüsterte er dann doch mit Entsetzen im Blick. „Ich habe bereits gehört, man hätte dich gesehen, aber ich wollte es nicht glauben."

Als er die Hand ausstreckte und offenbar sein Gesicht berühren wollte, wich Marco zurück. Immer diese intimen Berührungen, das mochte er gar nicht von Fremden. „Scusi, Signore, Sie müssen mich mit jemandem verwechseln. Wir kennen uns nicht."

„Das kann nicht sein, das sind *seine* Züge! Ich kenne sie genau!", stammelte Jeremy und Marco versuchte verzweifelt, Bruchstücke von Erinnerungen zu finden, die ihm mehr über diesen Mann verrieten.

Vittorio schien endlich wach geworden zu sein und sprang nun auf. „Ich muss Sie sehr bitten, Sir, meinen Begleiter nicht zu belästigen. Was fällt Ihnen ein, derartig vertraulich auf ihn zuzugehen, ohne die Regeln des Anstandes zu wahren?"

Zur Vorsicht erhob sich Marco ebenfalls und stellte sich halb vor den Dottore. Es sollte möglichst zu keinem Streit kommen, der erneut die Polizei auf den Plan rief.

Er schaute auf Jeremy herab und reichte ihm die Hand. „Marco Dandolo aus Venezia, ich besuche Ihre Stadt zum ersten Mal als Tourist. Gestern wurde ich schon einmal für jemand anderen gehalten. Man sagte mir, ich wäre verstorben – und der Satan."

Seine Worte begleitete ein liebenswürdiges Lächeln, als Jeremy ihn berührte. Es beunruhigte Marco, in seinen Tiefen auf verstörende Gefühle zu stoßen. Jonathan hatte etwas für Jeremy empfunden und seine letzten Gedanken hatten ihm gegolten.

Plötzlich sah Marco Buschwerk vor seinem geistigen Auge und einen dicken Ast, der im nächsten Moment vor seinen Kopf schlug. Dann fiel er und landete unsanft mit dem Rücken auf einem Baumstamm. Ein Krachen durchfuhr seinen Körper und ein gleißender Schmerz. Er hatte mit seinem Pferd das Hindernis überspringen wollen, der Fuchs war nur knapp vor ihnen gelaufen. Doch jetzt konnte er sich nicht mehr bewegen, er fühlte auch nichts mehr außer seinen pochenden Schädel.

Als er den Kopf wandte, sah er sein Pferd auf der anderen Seite des Stammes liegen. Seine Vorderläufe standen in einem sehr ungewöhnlichen Winkel und es konnte nicht aufstehen. Das verzweifelte Wiehern ging ihm durch und durch.

Aber dann begannen, ähnlich wie die bewegten Bilder, die ihn in einer Jahrmarktbude fasziniert hatten, Szenen seines Lebens vor ihm abzulaufen. Es ging schnell und am Ende sah er nur noch ein Gesicht: Jeremy. Große blaue Augen und einen blonden Schopf, der immer so unordentlich wirkte, wie die goldenen Stoppeln auf seinen Wangen. Sie lachten, küssten sich und taten verbotene Dinge miteinander. Es war ein Gefühl der Wärme in seiner Brust. Was dann folgte, war Dunkelheit und ein helles Licht, das auf ihn zukam.

„Ich entschuldige mich, Mr. Dandolo. Sie sind auch größer, als es mein Bekannter war, und Ihr Gesicht trägt einen anderen Ausdruck, wenn ich es genau betrachte", sagte Jeremy mit noch immer brüchiger Stimme. „Mein Name ist Jeremy Whittaker. Es wäre mir eine Ehre, Sie als Wiedergutmachung zu einem Getränk einzuladen."

Marco konnte die angenehme Erscheinung seines Gegenübers nur immer wieder betrachten. Wieso klopfte dieses verräterische Herz so schnell beim Anblick dieses Mannes? Dann ertappte er sich dabei, stumm zu nicken. Was war in ihn gefahren? Vittorios Räuspern hatte er bereits mehrfach ignoriert, er würde ungehalten sein.

„Ich bitte um Verzeihung", brachte sich der Dottore mit leicht verärgertem Ton in ihre Unterhaltung ein. „Wir haben jetzt Verpflichtungen und es wird Mr. Dandolo in der Kürze seines Aufenthalts in London kaum möglich sein, eine Verabredung einzugehen."

„Warum nicht?" Hatte Marco dies gesagt? Aus welcher Vorhölle seines Bewusstseins waren diese Worte gekommen?

Jeremys Blick wanderte unsicher zwischen Marco und Vittorio hin und her. Dann gab er Marco seine Karte. „Sie treffen mich dort am Nachmittag an und es würde mich sehr freuen, eine Nachricht von Ihnen zu erhalten, Mr. Dandolo."

„Vielen Dank. Mr. Whittaker." Marcos Stimme war nur ein Hauch. Er beobachtete Vittorio dabei, wie er die Zeche auf den Tisch legte, und ließ sich dann von ihm zum Ausgang der Bar schieben. Um ihn herum versank alles im Nebel seines Verstandes, der von Erinnerungen überflutet wurde, die nicht ihm gehörten.

***

Es kam Viktor vor, als legten sich eiserne Ketten um seine Brust, die immer strammer angezogen wurden. Sie schwiegen beide auf ihrem Weg zurück in die ärmliche Mansarde, wobei ihm Marcos abwesender Blick am meisten wehtat. Dieser Mann hatte sein ganzes Leben verändert, es war nichts mehr geblieben, wie es war.

Wie dumm war Viktor doch gewesen. Ja, er hatte sich einen Gefährten gewünscht, einen Vertrauten, der in der Abgeschiedenheit seiner Behausung lustvolle Nähe mit ihm genoss. Die dazugehörigen Bilder hatte er erst am Morgen von Marco erhalten, denn

Viktors Vorstellung war viel zu begrenzt gewesen, seine wahren körperlichen Wünsche zu erfassen.

Doch, wie vermessen war er gewesen, zu denken, ein solches Wesen würde ihm gehören. Durch ihr Erlebnis in der Bar war es ihm umso deutlicher geworden, dass sein persönliches Wunder ein Individuum war. Wenn Marco es wollte, konnte er ihn jederzeit verlassen und sein eigenes Leben weiterführen.

Viktor hatte keinerlei Rechte an seiner Existenz, selbst die Narben seiner chirurgischen Arbeit waren bereits zu roten Linien geworden, die nahezu ganz verblassen würden. Vielleicht war der Haarwuchs an Marcos Körper ein wenig ungleichmäßig verteilt, aber das würde kaum noch auffallen.

Angst griff nach seinem Herzen, denn Viktor hatte bemerkt, wie Marco diesen Mr. Whittaker angesehen hatte. Die Reaktion war ihm unerklärlich, aber Marco weihte ihn längst nicht in alles ein, was in ihm und um ihn herum vorging. Vertraute er Viktor nicht? Es hatte einen Zusammenstoß mit Menschen gegeben, denen Jonathan Chesterfield bekannt gewesen war, und Marco besaß zumindest sporadisch Zugriff auf Jonathans Gedächtnis. Beides hatte er ihm verschwiegen. Warum?

Hatte Viktor alles gewagt, alles in dieses Vorhaben gesteckt, um am Ende doch wieder einsam und allein zu sein?

Was stellte Marco Dandolo aus Venedig nur mit ihm an? Noch nie war Viktor sein Dasein so erbärmlich und begrenzt vorgekommen. Es trieb ihn immer ein Ziel an: Erst war es sein brennender Wunsch, Mediziner zu werden. Doch nach seiner Exmatrikulation, die auf den Verlust seiner Familie folgte, hatte es ihn beflügelt, den Tod zu überwinden und das Leben zurückzubringen.

Für alle, die er liebte. Die er je geliebt hatte.

Der Drang, eine spezielle Person aus den Klauen des ewigen Schlafs befreien zu wollen, resultierte aus dem Gefühl des Verlassenseins. Die Verstorbenen hatten diese Welt überwunden, doch sie hinterließen einen Trauernden, dessen Angst vor dem Alleinsein verzweifelte Taten hervorbrachte.

Marco hatte recht, es war eine Abscheulichkeit, in den großen Plan des Universums einzugreifen. Aus moralischer Sicht waren Viktors Experimente verwerflich und egoistisch geprägt. War nicht sein ganzes Dasein wider die Natur? Er konnte noch nicht einmal lieben, wie es eigentlich vorgesehen war.

Die Unvollkommenheit lag in ihm selbst. Dafür hatte er versucht, ein perfektes Wesen zu erschaffen.

Warum sollte Marco bei ihm bleiben? Er war frei in seinen Entscheidungen. Wahrscheinlich weilte er nur noch bei ihm, weil er mittellos war und nicht wusste, wohin er sich wenden sollte. In diese Lage hatte Viktor ihn gebracht, doch sobald Marco eine Lösung für seine Probleme gefunden hatte, würde er gehen.

Der Gedanke schmerzte Viktor derart, ihn vielleicht an einen Fremden zu verlieren. Und dann noch an Jonathans Liebhaber. Das war gehobener Sarkasmus, zu dem nur das Schicksal fähig war.

Ja, vielleicht glaubte Viktor mehr an Vorsehung, als er es sich eingestehen wollte. Ungeduldig wischte er sich den Tropfen von der Wange. Etwas hatte ihn gekitzelt und er war überrascht, als seine Haut feucht war. Hatte er schon länger geweint?

„Heul nur über das Scheitern deiner Existenz. Wie willst du den Tod überwinden, wenn du das Leben nicht gelernt hast?", murmelte Viktor leise, als er die Tür ihres Hauses öffnete.

Marco war ihm schweigend die Treppen hinauf gefolgt und Viktor hatte den Blick nicht erhoben. Doch in ihrer Mansarde fühlte er seine warme Hand auf der Schulter.

„Es tut mir leid, Vittorio. Bitte verzeih mir, dass ich dir nichts von meinem Ausflug und dem Zusammenstoß erzählt habe. Einige Studenten haben Chesterfield zu erkennen geglaubt und wollten mich … ich weiß nicht, was sie wollten. Vielleicht töten, damit wieder alles seine Ordnung hat. Aber es kam ein Polizist dazu. Keine Sorge, ich habe keine Angaben zu meiner Person gemacht."

Nach einer kurzen Pause fügte Marco hinzu: „Und zu Jeremy … Ich habe Bilder gesehen und Dinge gespürt, die eine starke Sehnsucht in mir geweckt haben."

Ein Kloß saß in Viktors Hals. Im Moment machte er sich weniger Gedanken, Marco könnte entdeckt werden, es war viel mehr sein rasendes Herz, das sprach: „Was waren das für Bilder? Hast du Erinnerungen daran, wie Jonathan sich mit diesem Whittaker verbunden hat?"

„Ja", war die lakonische Antwort, die ihn wie ein Peitschenhieb traf. Dann wusste Marco also, wie die beiden sich miteinander vergnügt hatten, während Viktor sich aufführte wie eine eiserne Jungfrau. Als Viktor sich langsam umdrehte, trafen sich ihre Blicke und ihm stockte der Atem. Traurigkeit lag in Marcos Augen.

Er begann leise zu sprechen: „Du hast dieses Vorhaben durchgeführt, weil du Jonathan Chesterfield zurückbringen wolltest. Ich habe gesehen, wie du ihn angeschaut hast, als du ihm und seinen Freunden auf der Straße begegnet bist. Es ist in seinem Hirn und erschien mir wie eine Fotografie. *Ihn* wolltest du … in einem Körper, den du nach deinen Vorstellungen zusammengebaut hast. Stattdessen hast du Marco Dandolo bekommen, aber nie wirklich gewollt …"

Ungläubig starrte Viktor ihn an. Dachte Marco, er wäre unzufrieden mit dem Ausgang seines Experiments? „Aber, aber … ich habe gar keine Erwartungen gehabt. Da war vielleicht die leise Hoffnung, Jonathan wiederbeleben zu können, aber ich wollte einfach nur einem Geschöpf das Leben schenken, das auch überlebensfähig war."

Es arbeitete in Marcos Kiefermuskeln, er war noch nicht fertig mit diesem Thema. Viktor beschlich wieder die Angst, er könnte ihn beschuldigen, weil er ihm dieses widernatürliche Dasein aufgezwungen hatte.

„In keinem Moment hast du daran gedacht, wie sich deine Kreatur fühlen würde. Ich glaube, der Wissenschaftler in dir wäre auch mit einem Klumpen tumben Fleisches zufrieden gewesen, wenn er nur lange genug gelebt hätte, um seine Methode zu bestätigen." Marco schaute ihn mit einem wütenden Funkeln an.

„Wage es nicht, noch einmal zu freveln, Vittorio. Du hast wiederholt Gott gespielt, indem du allein darüber befunden hast, was lebenswert ist. Dann hast du meine Seele in diesen Körper geholt, ohne auch nur zu wissen, wie du dieses Kunststück vollbracht hast. Über so etwas hast du dir gar keine Gedanken gemacht. Der Mensch ist mehr als nur Fleisch, Knochen und chemische Vorgänge."

Schnaubend wandte er sich ab und lehnte sich an den Fensterrahmen. „Vittorio, *ich* bin der Beweis für die Existenz der Seele im menschlichen Körper. Die Gentlemen aus dem Ghost Club würden sich die Finger danach lecken, dein Werk erforschen zu dürfen. Nicht sie sind im Besitz der Wahrheit, sondern wir."

Viktor schluckte und konnte seine Augen weiterhin nicht von Marco lassen. In rasantem Galopp war er gerade mit ihm durch die gesamte komplexe Materie gerast. Wie zum Teufel war Marco auf diese Schiene gekommen, weil er Bilder von körperlicher Vereinigung gesehen hatte?

Mit einem Nicken bestätigte er das Gehörte und versuchte, Ordnung in das Chaos zu bringen. Die letzte Erkenntnis machte ihn besonders sprachlos. Aus dieser Richtung hatte er es tatsächlich noch nicht betrachtet. Er hatte viel zu sehr auf das geachtet, was er bezweckt hatte … nicht auf das, was ihm ohne sein Zutun zugefallen war.

„Ja, du bist der lebende Beweis, Marco. Ich war so blind …"

Eine weitere Träne lief über Viktors Gesicht. Er war engstirnig und gehemmt, Marco hatte etwas Besseres verdient, als mit ihm in diesem ärmlichen Gemäuer zu hausen. Bisher hatte er sich nie beklagt, aber Viktor hatte Marcos Gefühle in den Räumlichkeiten des Ghost Clubs wahrgenommen. Hatte er sich nicht für ihn geschämt? Als Doktor hatte er ihn vorgestellt, um nicht zugeben zu müssen, dass sein Begleiter ein gesellschaftliches Nichts war.

„Du sollst kein Untersuchungsobjekt der Wissenschaft sein, Marco." Viktor schluckte und unterdrückte ein Schluchzen, das in ihm aufsteigen wollte. „Ich gebe dich frei, du hast sicher eigene Pläne und Träume. Du sollst leben können, wie du es willst, und zurück in die gehobenen Kreise gehen, die du gewohnt bist. Dieser Jeremy Whittaker passt besser an deine Seite als ich. Versuche dein Glück, er kann dir sicher wieder auf die Füße helfen, während ich dich zurückhalte."

Langsam stieß sich Marco vom Fensterrahmen ab und kam zu ihm, legte ihm wieder die Hand auf die Schulter, die Viktor warm und schwer vorkam. Marco zwang ihn, den Kopf zu heben.

„Was wirst du dann tun? Versuchst du es mit einem Geschöpf, das deine Bescheidenheit teilt?", fragte er bitter und schickte damit ein Beben durch Viktors Körper. „Ich möchte zurück nach Italia, Vittorio, aber ich will nicht allein gehen. Begleite mich in ein neues Leben. Es wird Zeit, dass wir beide das Geschenk anerkennen und unsere Bestimmung leben."

Seine Worte tropften nur langsam in Viktors Verstand. Marco hatte gemeinsame Pläne mit ihm? Und er sollte London verlassen? Das hatte er noch nie getan. „Ist das dein Ernst? Du willst bei mir bleiben? Aber ... aber was ist mit unseren Forschungen?"

Marcos Gesicht kam näher und Viktor seufzte, als er die vertrauten Lippen auf seinem Mund fühlte. Die Zunge umtanzte ihn mit einer solchen Zärtlichkeit, dass es ihm erneut die Feuchtigkeit in die Augen trieb. Die stumme Frage stand mit Nachdruck im Raum, Marco wollte eine Entscheidung von ihm. Es war eine

Entscheidung, die ihm all seinen Mut abverlangte.

Während der Kampf in ihm tobte, machte es ihm Marco noch ein wenig leichter. Er befreite Viktor in aller Gemächlichkeit von seinen Kleidern und entblößte sich selbst auch gleich dabei. Dann trug er ihn zu ihrer Bettstatt und ließ das Eisengestell unter ihrem Gewicht ächzen.

„Komm zu mir", flüsterte Viktor, als er Marco über sich spürte. Es war wundervoll, seine Haut zu fühlen, und als vorwitzige Zähne und Lippen an seinen Brustwarzen zupften, strömte das Verlangen durch Viktors Körper.

„Ich habe mich als etwas Widernatürliches betrachtet, aber jetzt weiß ich, dass ich noch immer ich selbst bin. Verführung war meine Spezialität, aber dich möchte ich nicht zu etwas verleiten, was du nicht willst", gab Marco sanft zurück und schaute zu ihm auf, während er mit der Zungenspitze über seinen Bauch strich.

Auch Viktor war muskulös, allerdings nicht besonders kräftig, da er lange auf Sparflamme gelebt hatte. Für seinen Leib sorgte er nur notdürftig. „Gefalle ich dir? Was magst du an mir?", flüsterte er mit zittriger Stimme. Viktor konnte es kaum fassen, Marcos erste Wahl zu sein, wenn ihm ein schöner Mensch wie Jeremy Whittaker eindeutige Avancen machte.

„Was ich an dir mag?" Marco schob sich wieder zu ihm hoch und musterte sein Gesicht mit einem amüsierten Ausdruck in den Augen. Dann kam er näher und schnupperte an seinem Haar.

„Deinen Duft. Aber schon, als ich noch nicht wusste, wo ich gelandet bin und wer dieser hilflose Blinde war, habe ich mich in dieses kleine Bärtchen unter deiner Lippe verliebt", schnurrte Marco und spielte mit der Zungenspitze in seinen weichen Borsten.

Als er gegen den Strich leckte, sträubte sich jedes Haar an Viktors Kinn und er war erstaunt, wie empfindsam er dort war. Das Kribbeln erfasste auch seinen Mund und er stahl sich einen schnellen Kuss von Marco, der ein wohliges Gefühl in ihm auslöste. Allein dies tun zu können, war wundervoll.

„Das hat mich gerade so aufgewühlt, Vittorio. Ich habe Liebe gesehen und gefühlt. Diese Verbundenheit ist es, nach der ich mich sehne." Bei diesen Worten knabberte Marco an seiner empfindlichen Halsbeuge, dann suchte er seinen Blick. „In meinem vergangenen Leben habe ich mich um diese Erfahrung herumgedrückt, aber mir ist klar geworden, wie viel schöner jede Berührung ist, wenn man das Herz daran teilhaben lässt."

Viktor saugte die Luft angestrengt in seine Lungen. Er war so ergriffen, seine Kehle war wie zugeschnürt. „Ich gebe mein Herz und meinen Körper in deine Hände", krächzte er atemlos, als er endlich wieder reden konnte. Seine Entscheidung war gefallen, er wählte Marco, obwohl er noch nicht sicher war, was dem alles folgen würde.

„Bist du dir sicher, dass du dich mit mir verbinden willst?", fragte Marco lächelnd.

Ein wenig nervös nickte Viktor. Er hatte Angst, aber er war auch neugierig. „Hast du Kenntnisse in Mechanik? Ein Kolben braucht Schmiermittel, damit er mit geringem Widerstand gleiten kann. Du hast auf dem Gebiet mehr Erfahrung als ich, daher denke ich, du schätzt vielleicht gereinigtes Pflanzenöl?"

Marco lachte und vergrub die Nase wieder in seinem Haar. „Dottore, es ist offensichtlich, dass du zu viel an toten Leibern arbeitest, wenn du auf die Physik zurückgreifen musst, um mir diesen Vorgang zu erklären." Grinsend nickte er. „Prego, wenn du vielleicht etwas Olivenöl oder Leinöl für mich hättest."

Es dauert nur einen kurzen Moment, denn Viktor hatte immer eine kleine Flasche parat, um die beweglichen Teile der Dampfmaschine einzufetten. Seine Hand zitterte, als er den Behälter Marco reichte und dann schnell wieder unter das Oberbett schlüpfte.

„Nicht verstecken."

Der sanfte Befehl machte Viktor ein wenig verlegen, aber er freute sich über Marcos Interesse. Er ließ sich die Decke wegziehen und schaute ihm erwartungsvoll entgegen. Sein eigener Herzschlag war deutlich zu spüren, er hörte das Dröhnen bis in seine Ohren. Lächelnd streichelte Viktor Marco durchs Haar, als er die Lippen über seine Kehle und dann seine Brust gleiten ließ. Es war definitiv schamlos, sich so bewundern zu lassen, aber es gefiel Viktor.

„Aaaah, Vittorio, deine Haut ist köstlich", schnurrte Marco und strich mit seiner kratzigen Wange an Viktors Seite hinunter. Das war das Sinnlichste, was er jemals empfunden hatte. Hilflos zuckte er unter diesen Zärtlichkeiten und wand sich in Marcos Armen.

„Du bist killerig."

Viktor lachte. „Kitzelig meinst du, aber nimm darauf keine Rücksicht, es fühlt sich wundervoll an, was du tust. Ich bin es nur nicht gewohnt, berührt zu werden."

„Dann werde ich besonders behutsam sein. Warm

und feucht, meine Zunge ist geschickt", sagte Marco schmunzelnd.

Allein diese Ankündigung brachte Viktors Puls zum Rasen. Er hatte bereits Bekanntschaft mit diesem wendigen Organ gemacht und mochte seine Liebkosungen. Atemlos fieberte er den Genüssen entgegen, doch Marco schien etwas anderes im Sinn zu haben.

„Umdrehen, Zuccherino!" Selbst geflüstert hatte diese Order Nachdruck und Viktor folgte ihr sofort, obwohl er verwirrt war. Was wollte Marco mit seiner Rückfront? Es durchfuhr ihn siedendheiß, als ihm die verruchten Versprechungen vom Morgen einfielen.

„De-denkst du nicht, Verderbtheit sollte Grenzen haben?", fragte Viktor bebend, während er ohne sein Zutun die Schenkel ein wenig spreizte. Seine Männlichkeit drückte sich in die Matratze und es zog angenehm bis in die Gliedwurzel.

„Sobald du ‚Stopp' sagst, werde ich aufhören, Dottore. Sicher kennst du die Schranken, die es zum Unsäglichen zu überschreiten gilt, genau", raunte ihm Marco ins Ohr, wobei es für Viktor besonders verführerisch klang. Die feinen Härchen in seinem Nacken richteten sich auf und schienen mit den tiefen samtigen Tönen zu schwingen.

„Ich werde dir mitteilen, wenn ich es nicht länger ertrage."

Viktors Stimme war so zittrig, wie er sich innerlich fühlte. So fuhr er auch erschreckt zusammen, als Marcos Lippen die Stelle zwischen seinen Schulterblättern berührten.

„Geht es noch?" Der ruchlose Versucher lachte leise.

„Ja doch", brachte Viktor gepresst heraus und

versuchte, sich zu beruhigen.

Jeder Kuss, mit dem Marco sich langsam die Wirbelsäule hinabbewegte, fühlte sich an wie ein Blitzeinschlag, der sein Becken zum Zucken brachte. Es war erniedrigend, sich so voller Wollust anzubieten, doch Viktor weidete sich daran. Sein Rücken bog sich durch und er reckte sein Hinterteil in die Luft, während Marco die Grübchen oberhalb seiner Pobacken mit feuchten Streicheleinheiten verwöhnte.

Sanft drückte er ihm die Schenkel ein wenig weiter auseinander und Viktor konnte nicht anders, als sich in die Laken zu krallen. Ein Stöhnen bahnte sich den Weg aus seiner Brust.

„Ich darf dich nicht so quälen", bemerkte Marco leise und pustete kühle Luft über die vorher eingespeichelten Stellen. „Soll ich aufhören?"

Es schauderte Viktor, aber er schüttelte vehement den Kopf. „Nei-nein." Noch am Morgen hatte er ein Bad genommen, so mochte Marco also tun, was er für richtig hielt. Viktor war kein Feigling und fest entschlossen, durchzuhalten. Er wollte Marco gehören mit allen Konsequenzen.

Als die Zunge aber durch diesen intimen Spalt kitzelte, löste sich ein Schrei aus seiner Brust und er umfasste die Metallstreben des Kopfteils, um Halt zu finden. Bei allen Größen der Wissenschaft!

Marco brachte ihn um den Verstand … und Viktor ließ zu, dass seine angewinkelten Beine noch weiter gespreizt wurden. Völlig hilflos ergab er sich dem prickelnden Lecken, das seinen Unterleib in Flammen setzte. Er war wie paralysiert, die Lust pochte durch seine Härte, die sich noch immer in die Matratze bohrte. Eine feuchte Stelle hatte sich dort gebildet und breitete sich aus.

„Fantastico, dein Geschmack", keuchte Marco und küsste seinen Anus.

Sollten dies des Teufels Genüsse sein, wollte Viktor in der Hölle braten. Doch, nur wenn Marco sein Gefährte wäre, einzig mit ihm würde er diesen Weg bis zum erlösenden Ende gehen.

Der Anatom in ihm war mehr als überrascht, zu welch zarten Empfindungen dieser Muskel fähig war. Gab es noch mehr zu entdecken, von dem er nichts ahnte?

„Mach weiter", hauchte Viktor atemlos, als sich heiße Wellen von jeder Berührung ausbreiteten. Die Zungenspitze presste sich in seinen Körper und er spürte Marcos heißen Atem.

„Stopp!" Viktor wollte sich nicht verströmen, ohne mit Marco verbunden zu sein. In der nächsten Sekunde wäre es mit seiner Beherrschung aus und vorbei gewesen.

„Ich … ich bin bereit für dich, Marco", brachte er mühsam heraus. „Hast du das Öl?"

Er hörte ein unterdrücktes Lachen, dann tauchte Marco mit glühenden Wangen auf. „Lass uns noch ein wenig Zeit, Dottore, ich möchte dir mit dem kleinen Monster nicht wehtun. Du hast für diese Ausstattung gesorgt, also keine Eile, ich muss dich vorbereiten."

Behutsam verteilte Marco etwas von dem Schmiermittel auf seinem Muskel und ließ dabei einen Finger mit der Kuppe hineingleiten. Schockschwerenot! Viktor hob sich ihm entgegen wie ein läufiger Hund, niemals hätte er erwartet, dass es so schön sein konnte, dort berührt zu werden. Es war auf eine erniedrigende Weise erregend.

„Ich will nicht warten!"

Ein kurzer aber kräftiger Schlag auf eine seiner Backen hätte Viktor doch beinahe zum Höhepunkt gebracht. Es zuckte in seinen Lenden, aber er beherrschte sich im letzten Moment.

„Mein Dottore ist ein wilder Draufgänger", sagte Marco, als er sich entrüstet zu ihm umdrehte. „Wenn du es unbedingt sofort willst, dann machen wir es langsam."

Marco nahm alle Kissen und lehnte sich mit dem Rücken an das Kopfteil des Bettes. Dann reichte er ihm eine Hand. „Komm zu mir und setzte dich auf meine Lanze. Mit viel Öl und ein bisschen Zeit wird es gehen, du steuerst es selbst, wie schnell sie in dich eindringt."

Voller Ehrfurcht beobachtete Viktor, wie Marco seine prachtvolle Männlichkeit einfettete, während er breitbeinig über seinem Schoß hockte. Seine eigene Härte ragte vor seinem Bauch auf und tropfte bereits. Durch die Massage war Viktors Muskel gut durchblutet, er kribbelte vor Begierde. Er würde gehörig gedehnt werden, wenn er diese enorme Erektion in sich aufnehmen sollte.

„Wird es schmerzen?", fragte Viktor, doch erstaunlicherweise schreckte ihn dieser Gedanke wenig. Marco in sich zu fühlen, war das Ziel seiner Wünsche. Sie sollten sich so innig verbinden, wie es zwei Männern möglich war. Sein Herz schlug ihm bis in den Hals.

„Das wird es", flüsterte Marco und schaute ihm tief in die Augen. „Nur zu Beginn, aber es wird sich lohnen, das verspreche ich dir."

Viktor hielt seinen Blick gefangen und hob sich auf die Knie, um ihn leidenschaftlich zu küssen. Ihre Lippen trafen sich wieder und wieder, sie spielten miteinander. Immer schneller ging sein Atem. Marco streichelte mit den Händen über seine Haut, er knetete und liebkoste seine Backen im Wechsel, um sie dann sanft auseinanderzuziehen und die Gliedspitze anzusetzen.

„Ich halte dich. Schiebe dich behutsam darüber und gewöhne dich an die Größe." Wie er es versprochen hatte, umschlang ihn Marco mit den Armen. Es war wundervoll, seine Haut zu spüren und seine Lippen.

„Marco", stöhnte Viktor seinen Namen, als er sich langsam senkte und spürte, wie sein Eingang penetriert wurde. Das Gewebe fühlte sich an, als wollte es reißen, doch dann spürte er Marcos Finger, die es sanft massierten und weiter einölten. Ein Prickeln durchlief Viktors Unterleib, denn kaum rutschte er tiefer, gingen die entspannenden Berührungen an seinem Luststab weiter. Marco wusste definitiv, was er tat, der Schmerz verflüchtigte sich bereits, sobald die Eichel den Engpass überwunden hatte.

Plötzlich hatte Viktor das Gefühl, reine Elektrizität pulsierte durch seine Adern. „Good Lord!"

„Ja, das ist das Beste!", keuchte Marco vor seinem Mund und biss ihn sanft. „Diese Stelle mag es besonders, gereizt zu werden."

Die Kraft verließ Viktors Schenkel, er sank tiefer und nahm Marcos Härte ganz in sich auf. Die Dehnung nahm noch zu und er war so ausgefüllt, dass er nach Luft schnappen musste. Trotzdem rasten zitternde Wellen durch seinen Körper und er spürte jedes Zucken in seinen Tiefen. Wie im Rausch legte Viktor den Kopf in den Nacken und wiegte sich auf dieser stattlichen Lanze. Jedes Heben und Senken brachte ihn näher zu Marco, ihre Seelen verbanden sich innig.

„Halt mich!", rief er aus, als ihn der Strom bis in die Haarspitzen durchflutete. Das war der Gipfel, es verschlug Viktor förmlich den Atem. Er explodierte in einer heißen Woge der Lust, die durch seine Zellen rieselte. Dabei drückte er sich fest an Marco und verströmte sich zwischen ihren schwitzenden Leibern.

Auch Marco hatte seine Erlösung herausgeschrien. Jetzt schmiegte er seine Wange an Viktors Gesicht und zitterte. „So ein Brite ist ein heißblütiges Wesen, wenn man sein Blut zum Kochen bringt", flüsterte er kaum hörbar und lächelte entspannt. „Ich werde dich niemals wieder loslassen."

***

Da es bereits dunkel geworden war, hatten sie noch einen schnellen Imbiss im Bett eingenommen und waren dann eng aneinandergeschmiegt eingeschlafen. Doch Viktor hatte nur kurz gedöst, um dann wieder wach zu liegen und in die samtige Dunkelheit zu schauen. Sein Innerstes war aufgewühlt, er konnte einfach keine Ruhe finden, wenn ihn so viele neue Eindrücke beschäftigten.

Was Marco mit ihm angestellt hatte, war überwältigend, er wollte es immer wieder tun. Er empfand ein ungeheures Glücksgefühl, sie waren eins gewesen, untrennbar verbunden. So langsam verstand er, warum der geschlechtliche Verkehr unter Männern verboten war, denn es gab dem Einzelnen eine zu große Macht. Wenn sich zwei Gentlemen zusammentaten, schien nichts mehr unmöglich, ihre Kräfte vereinten sich.

Marco hatte ihm wahrlich Flügel verliehen. Natürlich war Viktor begriffsstutzig gewesen, aber er verstand endlich diese Emotionen. Sein Geschöpf hatte sich als wundervoller Mensch entpuppt, an dessen Seite er sich niemals wieder klein fühlen würde.

Und auf welche anatomischen Wunder war Viktor gestoßen? Der Schließmuskel musste von vielen Nerven durchzogen sein, sonst wäre er nicht derart empfindsam. Genau wie er die beinahe magischen Reize durch das Eindringen in seinen Körper nur der Prostata zuschreiben konnte. Der Vorsteherdrüse, die er bisher einzig für die Produktionsstätte der Samenflüssigkeit gehalten hatte.

Musste man diese Körperregion nicht den Geschlechtsorganen zuordnen, wenn sie doch so eindeutig für den männlichen Genuss sorgte? Dann war es falsch, den homosexuellen Verkehr unter Strafe zu stellen. Zu welchen Höhen könnte sich die Wissenschaft aufschwingen, wenn die Vereinigung dieser Art sogar von der Natur aus vorgesehen wäre, um zum Beispiel zusätzliche Hirnregionen zu beleben? Viktor selbst spürte gerade diese Stimulanz, in seinem euphorischen Zustand wäre er zu großen Entdeckungen fähig.

Das musste er näher erforschen, Marco sollte ihm dabei behilflich sein, lustvoll diese Geheimnisse zu ergründen. Seine Erkenntnisse konnten die Welt verändern …

Viktor fuhr zusammen und setzte sich auf, als er

durch ein lautes Klirren und dann ein Poltern in seinen Gedanken unterbrochen wurde. Es hämmerte wild in seiner Brust. Was war das gewesen? Die Fensterscheibe am Giebel schien zerbrochen zu sein, er spürte den kalten Luftzug.

„Es ist alles gut, schlaf weiter", sagte er leise und küsste Marco, der ebenfalls hochgeschreckt war. Zärtlich streichelte Viktor sein Haar, bis er wieder ruhig atmete und zurück ins Traumreich sank.

Dann schwang Viktor die Beine aus dem Bett und lief zum Tisch, auf dem er die Laterne entzündete. Bei jeder Bewegung spürte er ein leichtes Ziehen in seinen Eingeweiden, es erinnerte ihn an ihre köstliche Vereinigung. Sicher würde er immer weniger Schmerz verspüren, der Ringmuskel war flexibel und Viktor wollte sich gleich mit Vaseline behandeln, um ihn geschmeidiger zu machen. Für die Zukunft konnte er durch Zugabe pflegender Kräuter eine Salbe herstellen.

Als er die Lampe hochhob, sah der die Scherben auf dem Boden. Sie funkelten im Licht. Doch, was Viktor noch entdeckte, brachte ihn zum Schlucken: Ein dicker Stein lag dort, um den ein Zettel gebunden war. Jemand hatte ihnen eine Nachricht zukommen lassen.

Er hob den großen Kiesel auf und legte ihn auf den Tisch, bevor er die Schnur abwickelte. Ihm war kalt, was nicht nur mit dem zugigen Loch in der Scheibe zu tun hatte, durch das der Wind pfiff. Mit zitternden Händen glättete er das Papier und drehte den Docht der Lampe höher.

„Lass deine Finger von Jeremy Whittaker, Satan. Wir wissen nicht, wie du in Jonathans Körper gekommen bist, aber du wirst Jeremy nicht schaden. Entweder zeigen wir dich wegen Homosexualität an oder die nächste Nachricht wird ein Brandsatz sein. Verbrenne in der Hölle!" Die Schrift war fein geschwungen, obwohl die Worte offensichtlich nur schnell dahingekritzelt wurden.

Ein Schauer durchrieselte Viktor und er rieb sich die Oberarme. Sie waren ihnen gefolgt, vielleicht hatten die Burschen sie in die Bar gehen sehen und diesen Whittaker hereingeschickt? Zumindest wussten die Kerle jetzt, wo sie wohnten. Vor dieser Tatsache durfte Viktor nicht die Augen verschließen.

Was waren das für Menschen? Marco hatte ihm noch immer nicht den genauen Ablauf dieses Zusammentreffens mit Jonathan Chesterfields Kommilitonen geschildert, aber sie hatten ihn erkannt. Es war nicht schwer, sich ihren Schreck vorzustellen. Unter Studenten kursierte oft Aberglaube. Gepaart mit Angst und Unverstand, konnte die Stimmung schnell aggressiv werden. Genau das konnte er auf dem Zettel lesen. Leider war er nicht imstande, Erklärungen abzugeben, ohne sich selbst schwer zu belasten.

Sie waren entdeckt!

Viktor schüttelte den Kopf und beschloss, Marco nichts davon zu erzählen. Vielleicht würde der Heißsporn etwas Dummes tun. Dafür erinnerte sich Viktor an seine Pläne, mit ihm gemeinsam London zu verlassen und nach Italien zurückzukehren. Vielleicht war diese Vorstellung doch nicht undenkbar. Es machte ihm Angst, ins Unbekannte zu gehen, doch gerade erschien auch hier ihre Zukunft ungewiss.

War er nicht für Marcos Sicherheit verantwortlich? Über die Gefahren, wenn er das bekannte Gesicht des adeligen Jonathans nutzte, hatte Viktor nicht nachgedacht. Wie dumm er doch gewesen war – und wie vernarrt. Jedes Wort, das Marco zu ihm gesagt hatte, entsprach der Wahrheit. Er hatte Jonathan Chesterfield zurückbringen wollen.

Doch Viktor war durch Marco zu einem anderen Menschen geworden. Er hatte ihm gezeigt, wie viele Geheimnisse es für ihn zu entdecken gab, und nicht alle musste er fürchten. Seite an Seite konnten sie das Leben meistern, selbst, wenn sie in dieser Stadt nicht länger willkommen waren.

Dafür würden sie Mittel benötigen, Reisen war eine kostspielige Angelegenheit. Viktors Dampfmaschine brachte sicher ein wenig ein, möglicherweise sogar der Rest seiner Laboreinrichtung. Die Kühlschränke … Aber er musste auch so viele Körper sezieren, wie es ihm nur möglich war.

Jetzt sollte er schnell die Scherben wegfegen und das Fenster notdürftig reparieren. Die Nachricht konnte er im Moment nicht beseitigen, dazu war morgen noch Zeit.

Kapitel 8

Die Sonnenflecken an der verrußten Decke stimmten Marco heiter. Er streckte sich im Bett und spürte der tiefen Befriedigung nach, die er gerade empfand. Da Vittorio nicht neben ihm lag, war er wohl aufgebrochen, um tote Menschen aufzuschneiden. Schade, er hätte sich noch ein wenig gemeinsame Zeit mit seinem Dottore gewünscht. Zärtlichkeiten hatte er jetzt im Sinn, was auch für Vittorio weniger ernüchternd gewesen wäre. Marco wollte diesen Rausch mit ihm genießen.

Was sollte er mit diesem schönen Tag anfangen? Wenn er zu viel Zeit hatte, an den gestrigen Abend zu denken, würde er zu guterletzt noch behaarte Handflächen bekommen.

Gemächlich stand Marco auf, um nachzusehen, ob sie noch etwas von ihrer letzten Mahlzeit übrig gelassen hatten. Da waren ein Kanten Schinken und ein Stück halb vertrockneter Käse in der Vorratsdose, immer dasselbe. Für Vittorio war das anscheinend ein Festessen, aber Marco hatte einen verwöhnten Gaumen. An die karge Kost würde er sich nie gewöhnen, hoffentlich konnten sie sich bald wieder etwas mehr leisten. Essen war Lebensart.

Da bemerkte er einen Zettel auf dem Tisch und nahm die Nachricht in die Hand, um sie zu lesen. Sein Lächeln wurde breiter.

„Ich besorge uns etwas zum Abendbrot. Bitte, bitte, verlasse NICHT das Haus. Es ist furchbar wichtig und ernst gemeint. Leider kann ich nicht bei dir bleiben, wir sehen uns am Abend. Viktor", las er laut.

Die Nachdrücklichkeit, mit der Vittorio ihn bat, zuhause zu bleiben, verwunderte Marco. Nicht weniger das zerbrochene Fenster, das ihm gerade erst auffiel. Wie war das geschehen und wann? Hatte es etwas damit zu tun, dass er nicht auf die Straße gehen sollte?

Oder hatte sein Zuccherino Angst, er könnte Jeremy Whittaker besuchen? Das hätte Marco normalerweise gereizt, aber er wollte das, was zwischen ihm und Vittorio aufkeimte, nicht gefährden. Er betrat unbefleckten Boden, wenn er es zuließ, bisher schützte er sich davor, indem er sich von einer Liaison in die Nächste stürzte. Niemanden hatte er so nahe an sich herangelassen wie Vittorio. Zum ersten Mal erschien es ihm richtig zu sein. Es war etwas Heiliges, vielleicht hatte seine Seele auf ihrem Weg durch den Äther etwas abbekommen.

Der Dottore hatte sie nicht nur in diesen Körper gelenkt, sondern auch direkt sein Herz berührt. Eigentlich hasste Marco jeden Anflug von Kitsch, aber es gab wirklich kaum andere Möglichkeiten, dieses Gefühl in Worte zu fassen.

Sein Blick wanderte durch die Mansarde und er stellte erstaunt fest, dass sie zu seinem Zuhause geworden war. Doch dann weckte etwas in der Aschelade ihres Ofens seine Neugier. Die Sonnenstrahlen brachen sich in einigen Glasscherben, aber es war ein dicker Stein, der ihn interessierte. Hatte ihnen jemand das Fenster eingeworfen?

Marco nahm den Brocken in die Hand, da entdeckte er einen Zettel, der daruntergelegen hatte. Stirnrunzelnd las er die Botschaft und fluchte leise. Wenn es nicht anders ginge, würde er sich jeden Einzelnen der Burschen zur Brust nehmen, aber er sorgte sich mehr darum, wie eingeschüchtert Vittorio sein musste. Wieso hatte er ihn nicht geweckt?

Jetzt verstand er auch die dringende Aufforderung, im Haus zu bleiben. Wütend zerknüllte er die Nachricht und warf sie wieder in den Aschebehälter zurück. Schon für den Dottore hatte er nicht wenig Lust, diese Bande von Feiglingen aufzumischen. Doch genau das schien Vittorio nicht zu wollen. Sie mussten miteinander reden.

Wenn er ihn nur dazu bewegen konnte, London zu verlassen. Marcos Anwesenheit hier glich immer mehr einem Pulverfass. Aber auch, wenn die Wissenschaft dem Unerforschten auf der Spur war, hielt doch der Mensch dahinter nicht unbedingt viel von Veränderungen. Vittorio war eher unflexibel.

Seufzend schaute Marco sich erneut um. Er brauchte Zerstreuung, wenn er seine Wut nicht an den spärlichen Möbeln auslassen sollte. „Ich möchte ein Buch, eine Geschichte, die mich gut unterhält."

Nach seinen eigenen Erlebnissen war er sehr anspruchsvoll. Als zu unglaublich betrachtete er, was ihm widerfahren war. Vielleicht sollte er selbst schreiben und damit seine Gedanken sortieren. Interessant wäre besonders der Zeitraum nach seinem Tod, bevor er in diesen Körper eingetreten war. Hatte er eine Erinnerung an diesen kurzen Moment? Nein, da war nur Leere.

Wenn er an die schnelle Abfolge von Bildern dachte, die aus den Tiefen von Jonathans Gedächtnis aufgestiegen waren, bevor dieser starb, fragte sich Marco, ob er auch so etwas gesehen hatte. Aber er war durch den Kopfschuss sofort tot gewesen, da gab es keinen Übergang, den er wahrgenommen hätte. Bei ihm hatte sich ein Schalter umgelegt: Dunkelheit.

Über diesen physikalischen Vergleich hätte sich Vittorio sicher gefreut. Die Sache mit dem Kolben brachte Marco noch immer zum Schmunzeln. Trotzdem beschlich ihn das Gefühl, den Rückblick auf sein Leben verpasst zu haben.

„Ich werde alles aufschreiben. Oder ich mache gleich eine schaurige Erzählung daraus, die andere Menschen erfreut. Die Wahrheit, gemischt mit einer Rahmenhandlung und meinen Erinnerungen, sowie denen des verehrten Jonathan. Das müsste eine große Leserschaft finden, ohne zu viel von den wahren Vorgängen zu offenbaren."

Voller Begeisterung hatte er diese Worte in das Zimmer gerufen, als wäre Vittorio anwesend, um ihm zuzuhören. Endlich wusste er etwas mit sich anzufangen. Marco bewunderte die Autoren, deren Bücher er verschlungen hatte. Das ‚Strand'-Magazin veröffentlichte solche Geschichten, wenn sie eine überschaubare Länge besaßen.

Edgar Allan Poe hatte ebenso begonnen, er hatte seine ersten Werke über eine Zeitung publiziert. Dieser Sherlock Holmes war auch mit seinen Kriminalfällen über das Magazin bekannt geworden. Wenn Marco da ein Talent besaß, konnte er etwas zu ihrem Lebensunterhalt beisteuern. Gesetzt den Fall, sie nahmen seine Arbeit unter Vertrag, aber es war einen Versuch wert.

Ein paar leere Blätter und Tinte waren schnell gefunden. Jetzt mussten die Ereignisse nur noch aus seinen Fingern fließen.

***

„Allein das Papier wird mich ein Vermögen kosten", sagte Viktor mit einem unterdrückten Grinsen. „Du schreibst aber nicht, dass wir …?"

Marco schmunzelte und schüttelte langsam den Kopf. „Unser süßes Geheimnis bleibt gewahrt. Ich lasse mich nur inspirieren, wahrscheinlich wirst du ein wenig verschroben sein und deine Kreatur ein Buckliger. Er wird dich anflehen, ihm eine Gefährtin zu schmieden, weil er einsam ist."

Mit einem Nicken sah Viktor ihm in die Augen. „Es liegt in der Natur eines jeden Wesens, nicht alleinsein zu wollen." Dann wurde er erst. „Was wirst du über die Seele sagen?"

„Nichts." Marcos Gesicht verfinsterte sich. „Es soll eine Horrorgeschichte werden, mit Schwerpunkt auf der moralischen Verwerflichkeit solcher Experimente. Der Wissenschaftler wird voller Grauen sehen, was er geschaffen hat. Sein eigenes Werk zeigt sich unberechenbar und entgleitet seiner Kontrolle."

Nachdenklich rieb sich Viktor das Kinn. „Du machst dir Sorgen, weil ich gesagt habe, ich würde einen erneuten Versuch starten, richtig? Ich verstehe, warum du das nicht willst."

Statt einer Antwort erntete er einen langen Blick von Marco. Es herrschte plötzlich eine seltsame Stimmung zwischen ihnen.

„Das mit der Seele …", stammelte Viktor hilflos. „Ich denke, es war eine einmalige Gelegenheit, die zufällig zustande kam. Der Vorgang ist nicht reproduzierbar und ich werde keine weiteren Fehler riskieren."

Wieso war es so schwierig, das zu sagen, was er ihm dringend mitteilen wollte? „Bitte, du bist einzigartig, Marco. Ich werde an dieser Stelle nicht weiterforschen. Vielleicht verlege ich mich auf die Fragen bezüglich des Seelentransfers, wenn sich die Materie mit wissenschaftlichen Methoden erschließen lässt. Darum brauche ich auch kein Labor mehr … ich werde …"

„Was?" Überrascht zog ihn Marco auf seinen Schoß und starrte ihn an. „Du willst deine Arbeit aufgeben? Für … mich?"

Verlegen lächelnd spürte Viktor, wie ihm die Hitze in die Wangen stieg. „Auch für dich, Marco. Wir wissen einfach zu wenig über die menschliche Seele, es fehlen feste Größen bei dieser Gleichung. Und du hast recht, ich darf nicht Gott spielen."

Marco schaute ihn unverwandt an. Offensichtlich saugte er jedes Wort in sich auf. „Ich werde mich an die Hypnose heranwagen. Vielleicht kann ich mich an den Augenblick erinnern, in dem ich meinen Körper verlassen habe, wenn ich mich in diesem unbewussten Zustand befinde", erklärte er mit fester Stimme.

Darüber schien Marco bereits intensiv nachgedacht zu haben. Wobei Viktor Suggestion noch immer mit Aberglauben in Verbindung brachte, doch das interessierte ihn gerade nur am Rande.

„Nicht hier in London", platzte es förmlich aus Viktor heraus. Ihnen wurde schon von diesen Studenten nachgestellt, eine offizielle Untersuchung durch die Mitglieder des Ghost Clubs würde ihn sicher ins Gefängnis bringen.

Unglauben spiegelte sich auf Marcos Zügen. „Du bist bereit, die Stadt mit mir zu verlassen? Liegt es an der Drohung, die uns durchs Fenster geflogen kam?" Er grinste. „Ich habe den Zettel gefunden und ich hätte diese Kerle gern zur Rechenschaft gezogen."

„Du scheinst den Ernst unserer Lage nicht zu erkennen, Marco", sagte Viktor leise. „Wir dürfen in mehrerer Hinsicht nicht entdeckt werden, um einer Strafverfolgung zu entgehen. Durch unsere Zuneigung verstoßen wir gegen das Gesetz … und wenn man mich des Leichenraubs und anderer niederträchtiger Dinge bezichtigt, werde ich eingesperrt. Vielleicht stellt man sogar uns beide wegen Homosexualität vor Gericht."

„Dann komme mit mir zurück nach bella Italia. Dort weiß man nichts von deinen Experimenten und ist auch aufgeschlossener. Gleichgeschlechtliche Liebe ist seit einigen Jahren erlaubt und im Süden des Landes kann man recht frei leben."

Die Vorstellung machte Viktors Herz ein wenig leichter, doch auch in Marcos Heimat würden sie mittellos sein. „Das klingt wundervoll", flüsterte er. „Wie ein schöner Traum."

„Kannst du mir nicht einfach vertrauen, Vittorio? Ich möchte vorher zu meiner Familie nach Venezia, aber dann steht uns die ganze Welt offen." Marcos Augen waren voller Zuversicht. Trotzdem tat sich Viktor schwer, seine Sichtweise zu teilen.

„Wovon sollen wir leben? Ich habe die Stelle in dem Institut nur bekommen, weil ich noch zu Studentenzeiten die Kontakte knüpfen konnte. Sie haben noch nicht bemerkt, dass ich nicht länger an meiner Promotion arbeite." Angst griff nach seinem Herzen. Aus Marcos Mund hörte sich alles so einfach an, aber allein, die Reise zu finanzieren, erschien Viktor wie ein unüberwindbares Hindernis.

Es blitzte vergnügt in Marcos Blick. „Dottore, du

bist ein Genie. Du hast so mutig die Grenzen der gängigen Wissenschaft über den Haufen geworfen, aber du schreckst davor zurück, diesen Schritt mit mir zu gehen. Willst du nicht mit mir zusammensein?"

Diese Unterhaltung ging Viktor ziemlich an die Substanz, er schlang seinen Arm um Marco, damit er seine Nähe spürte. „Ich will niemanden außer dich", flüsterte er ihm ins Ohr und vergrub sein Gesicht an dem kräftigen Hals. „Mir ist ganz gleich, wo wir zusammen sind."

Zärtlich fanden sich ihre Lippen und Marco knabberte an ihm. „Bellissima, Zuccherino. Dann gehen wir zu der Sitzung im Club und sprechen über dieses Ouija-Brett mit Jonathan Chesterfield. Ich werde seinen Namen führen und möchte dringend seinen Segen erbitten. Für Italia ist Marco Dandolo leider gestorben."

***

„Und du hast wirklich geschrieben, das selbstgeschaffene Monster wäre dieser Jack the Ripper? Wie bist du nur auf die Idee gekommen? Das ist brillant."

Viktor war unendlich stolz auf Marco. Auf dem Tisch lag ein Brief von dem „Strand"-Magazin mit der Mitteilung, dass sie Marcos Geschichte abdrucken würden. Dabei hatte Viktor noch gar nicht gewusst, wie weit die Arbeit bereits gediehen war, innerhalb weniger Wochen hatte Marco seine Erzählung zu Papier gebracht. Er hatte sein Manuskript eingereicht, ohne ihm etwas davon zu erzählen.

Sie hatten sich in der Zeit emsigen Schaffens auch kaum gesehen, denn Viktor hatte wie ein Wahnsinniger Leichen seziert. Die Obduktionen gingen ihm ungleich schneller von der Hand, wenn er sich nicht näher mit den Menschen auf seinem Tisch beschäftigte, sondern sie routiniert durchschleuste.

„Auf einem kleinen Spaziergang durch Whitechapel ist es mir eingefallen. Immerhin wurde der Prostituiertenmörder nie gefasst und es wäre nachvollziehbar, wenn der Bucklige diese Frauen bestrafte, weil sie ihn aufgrund seiner Hässlichkeit ablehnten. Und ihren Schöpfer hasste die Kreatur nicht weniger, weil er sich weigerte, ihr eine Gefährtin zur Seite zu stellen. So kam es am Ende zu einem Kampf zwischen den beiden, in dem der Wissenschaftler durch seinen überlegenen Intellekt über die bloße Kraft der Muskeln triumphierte." Schmunzelnd legte Marco die Arme um ihn und knöpfte ihm dann das Hemd zu.

„Du hast großes Glück, auf der Gewinnerseite zu stehen. Dieser Ausgang kam auch nur zustande, weil dein Geschöpf nicht beseelt und daher der Verdammnis preisgegeben war. Es musste leider böse sein, weil es nicht zu moralischem Handeln fähig war", fügte Marco hinzu.

Diese Worte ließ sich Viktor durch den Kopf gehen und nickte dann zögernd. „Mein erstes großes Experiment hat ein solches Wesen hervorgebracht. Ich habe dir nur erzählt, dass es verwachsen war und sich nicht artikulieren konnte, aber das Schlimmste war der Blick in sein eines Auge. Mir gefriert noch immer das Blut in den Adern, wenn ich daran denke."

Marco verzog angewidert das Gesicht. „Das bestärkt mich in dem Glauben, geschickt worden zu sein, um diesem Treiben Einhalt zu gebieten. Wer weiß schon, was du mit dem gruseligen Versuchsaufbau sonst eingefangen hättest, wäre ich nicht als rettender Engel erschienen."

Lachend reckte Viktor seinen Hals, denn Marco knotete ihm gerade seinen Binder. „Du bist sicher kein Engel, Marco Dandolo. Für den Himmel warst du ungeeignet, daher hat man dich hierher umgeleitet, um mich zu verderben. In der Hölle wäre dein amouröses Talent die reinste Verschwendung gewesen."

Diese Bemerkung quittierte Marco mit einem tiefen Knurren. „Du wolltest doch verdorben werden, du hättest so lange herumexperimentiert, bis sich ein passender Gespiele für dein Herz und deine Lenden gefunden hätte."

Marcos Hände strichen sanft über Viktors Gesäß, das bereits in der Tuchhose steckte. Ein Beben durchfuhr seinen Körper. Marco war noch nicht angekleidet und bot einen sehr anregenden Anblick. Es war nicht leicht, seinen Berührungen zu widerstehen, als er sich wollüstig an Viktors Schritt rieb.

„Nennst du meine Wahl willkürlich?", stöhnte Viktor. „Ich habe mich zwar nach einem Gefährten gesehnt, aber ich will dich nicht nur, weil du zufällig meinen Weg gekreuzt hast."

Mit den Fingerspitzen erspürte er die ausgeprägten Muskeln an Marcos Rücken. Der Atem ging auch bei ihm schwer, weil er alles daran setzte, ihm den Verstand zu rauben. Noch immer berührte er ihn rhythmisch mit seinem Becken und ließ es wie wild in seinem Unterleib kribbeln.

„Nein, du hast mich erwählt, weil ich dieses aufgepflanzte Bajonett zu führen weiß. Nicht jeder kann derart damit umgehen", brachte Marco keuchend hervor und lachte. „Ich würde jetzt lieber meine erste

Veröffentlichung mit dir feiern, als zu dieser Séance zu gehen, aber die honorigen Herren erwarten uns."

„Ja, es wäre schön, zu feiern." Versonnen spielte Viktor in Marcos Haar und streichelte seinen Nacken. „Zieh dich an, bevor ich über dich herfalle. Du hast die Büchse der Pandora geöffnet."

„Habe ich Übel über dich gebracht?", flüsterte Marco vor seinen Lippen und küsste ihn sanft und voller Gefühl. Als ihre Zungen sich umschlangen, wäre Viktor beinahe schwach geworden.

„Du hast die Hoffnung herausgelassen und mir die schönsten Dinge gezeigt." Lächelnd löste sich Viktor von Marco und ließ sich in den abgewetzten Ledersessel fallen, um ihn beim Ankleiden zu beobachten. Was für ein wundervoller Mann er doch war. Ein Philosoph, ein großer Denker und jetzt sogar ein Literat.

Viktor konnte es mittlerweile kaum erwarten, ihm in seine Heimat zu folgen. Anscheinend herrschte dort ein anderes Lebensgefühl und er war gespannt, wie seine britische Art zu der heißblütigen Leichtigkeit passte. Ihre Reisevorbereitungen waren weit fortgeschritten, es hatte sich einiges zu Geld machen lassen und Marco würde auch noch sein Honorar erhalten. Das wurde allerdings von den Kosten für die gefälschten Papiere aufgezehrt, denn sie brauchten passend zu seinem Gesicht noch einen Pass, ausgestellt auf den Namen Jonathan Chesterfield.

Sicherer wäre es gewesen, eine völlig neue Identität anzunehmen, aber es war auch nicht zu verachten, die Privilegien des Adels auf der Fahrt zu genießen. So reisten sie mit mehr Stil. Sie würden hauptsächlich Briten treffen, die nicht weniger blaublütig waren, da meist nur die jungen Wilden der gehobenen Gesellschaft die Mittel zum Reisen besaßen.

Unter den Umständen war es gefährlich, einen erfundenen Titel zu nutzen. Man kannte sich in diesen Kreisen und war in vielen Fällen entfernt miteinander verwandt. Natürlich würde sie vielleicht von Jonathans tragischem Tod gehört haben, aber es war nicht schwer, dies als angebliches Gerücht zu entkräften. Immerhin stand er leibhaftig vor ihnen. Für den Moment.

Doch im Grunde war es wohl Marcos Wunsch, das Andenken an Jonathan aufrecht zu erhalten, mit dessen Herz und Verstand er lebte. Für Marco war er nicht tot, zumal er Zugriff auf seine Erinnerungen hatte. Das war ein etwas verstörender Gedanke.

„Willst du wirklich mit dem Geist des Barons sprechen?", fragte Viktor spöttisch, um sich davon abzulenken. Marco wusste, dass er es riskant fand, die Clubmitglieder auf diese Fährte zu locken. Sie waren von Natur aus neugierig und konnten ihnen großen Schaden zufügen. Zudem war es für ihn noch immer Scharlatanerie, Verstorbene beschwören zu wollen.

„Ich würde es vorziehen, mir selbst so ein Ouija-Board zu besorgen und es mit dir allein auszuprobieren. Aber welche Manufaktur stellt solche Gegenstände her? Möglicherweise bekomme ich eine Bezugsadresse und wir beschränken uns heute lieber auf unverfängliche Fragen."

So betrachtete Viktor die Angelegenheit ebenfalls. „Das Brett ist nur ein Werkzeug und es muss sich erst bewähren. Sehen wir uns einfach mal an, ob es wirklich ein ‚Medium' benötigt, um damit Erfolge zu erzielen."

Wenn man dabei überhaupt von Erfolg sprechen konnte. Er stand dieser ganzen Sache noch immer skeptisch gegenüber, aber es war interessant, als Teilnehmer der Sitzung Erfahrungen aus erster Hand zu sammeln. Dies gewährte ihnen tiefe Einblicke. Viktor würde ihr Medium, Sir Arthur, nicht aus den Augen lassen.

***

Als sie vor der massiven Holztür standen, fröstelte es Viktor leicht. Der „Ghost Club" residierte in einem herrschaftlichen Stadthaus, doch ein eher bescheidenes Messingschild wies auf seine Besitzer hin. So, als sollte diese Vereinigung nur von Eingeweihten gefunden werden. Das war ihm schon bei ihrem ersten Besuch aufgefallen.

„Warte", sagte Viktor leise, als Marco auf den Klingelknopf drücken wollte. Er konnte dieses mulmige Gefühl, das ihn beschlich, nur schwer in Worte fassen. „Wir wissen nicht, was passieren wird, aber ich würde gerne vorher erfahren, wie viel noch von Jonathan in dir vorhanden ist."

„Warum siehst du mich bei der Frage nicht an, Vittorio? Was macht dir Angst?"

Wie so oft, hob Marco sein Kinn, und Viktor genoss es, zu ihm aufzusehen. Es hatte gedauert, bis er sich dies eingestand, aber Marcos Stärke und Größe imponierte ihm über alle Maßen. So ein Gefährte hatte ihm an seiner Seite gefehlt, das war wohl ein Grund, warum er ihn in dieser Art geschaffen hatte.

Als er schwieg, lächelte Marco. „Für einen Skeptiker scheinst du ziemliche Befürchtungen zu hegen,

Jonathan könnte mehr als ein Hauch von Erinnerung sein, habe ich recht?"

Viktor schluckte hart und schaute ihm in die Augen, dann nickte er stumm. Verlor er seinen klaren Blick? Er musste unbedingt rational an diese Zusammenkunft herangehen.

„Es ist völliger Humbug, was wir hier tun", sagte Viktor leise, aber das Zittern in seiner Stimme strafte ihn Lügen. „Reine Zeitverschwendung."

Wenn es in seinem Nacken prickelte, war es immer ein Zeichen von Gefahr. Aber es ging hier um nichts Greifbares, es war ein Reich der Schatten, das seine Geheimnisse noch nicht gelüftet hatte. Das Problem ließ sich nicht isolieren und untersuchen, das bereitete ihm großes Unbehagen.

„Gib mir deine Hand", schlug Marco vor und streckte seine nach ihm aus. „Nur kurz, dann wird es dir besser gehen."

„Ich bin in Ordnung." Viktors Lächeln wirkte sicher nicht so zuversichtlich, wie er es gerne gehabt hätte. „Hier auf der Straße ist es zu gefährlich."

Hinter ihnen räusperte sich jemand. „Guten Abend, Gentlemen. Hat Ihnen niemand geöffnet? Sir Arthur müsste bereits dort sein, sowie zwei weitere Teilnehmer an unserer Sitzung", hörten sie Reginald Powers' Stimme. Daraufhin griff er an ihnen vorbei, drückte den Klingelknopf und ein tiefer Gong ertönte. Ein junger Mann in einer seltsamen Robe öffnete ihnen.

„Vielen Dank, Mister Powers." Marco lächelte schmal und legte seine Hand auf Viktors Rücken, um ihn vorgehen zu lassen. Dabei drückte ihm Marco beruhigend die Schulter. Es war eigenartig, wie es diese kleine Berührung schaffte, seine Sinne wieder zu fokussieren.

„Guten Abend", begrüßte Viktor auch den Burschen in der Verkleidung. Hoffentlich wurden sie nicht genötigt, einen ebensolchen Umhang umzulegen. Die Bommel an seinem Kragen wirkten mehr als lächerlich.

„Das ist Ernest Lexington, er hat uns das Ouija-Board aus Amerika mitgebracht. Schon sehr bald wird es auch hier in London produziert werden, nachdem es in den Staaten sogar ein Patent erhalten hat," erklärte Powers mit stolzgeschwellter Brust. „Wir werden den Vertrieb sicher vorantreiben."

„Vorher sollte dieses Brett seine Praxistauglichkeit beweisen, nicht wahr?" Viktor hatte das Gefühl, es ginge hier um eine Farce, das Ergebnis ihres Tests schien bereits vorweggenommen zu sein. Doch er würde sich nicht dazu hinreißen lassen, irgendetwas zu bezeugen.

Powers schnaubte und geleitete sie zu einer Tür, in der Ernest bereits verschwunden war. „Sie sind die Ersten im britischen Empire, die seine Wirksamkeit begutachten können. Danach wird das Ouija-Board offiziell den Mitgliedern dieses Clubs vorgestellt."

„Wenn wir seinen Gebrauch überleben sollten", spottete Marco und sprach dabei Viktors stummen Gedanken aus, den er sich nur ungern eingestehen wollte. Wieder griff das Unbehagen nach seinem Herzen.

Sie wollten den Tod in einer Weise berühren, wie Viktor es in seinen Experimenten niemals gewagt hätte. Für ihn war ein toter Körper etwas völlig anderes als eine körperlose Seele. Beides war nicht für das

Leben vorgesehen, doch Viktor kämpfte nur gegen das biologische Verderben der Überreste, wenn er das Fleisch kühlte, bevor er damit arbeitete. Wer hier ihr Gegenspieler sein würde, überstieg seine Vorstellungsgabe.

Vor dem Betreten des Raums blieb Powers plötzlich stehen und sie wären beinahe in ihn hineingerannt. „Sir Arthur weilt bereits in seiner Meditation, die er vor dem Einsatz seiner medialen Kräfte für notwendig erachtet", raunte er ihnen verschwörerisch zu. „Er denkt, wir würden seine Fähigkeiten bestätigen, aber es ist wichtiger, nachzuweisen, dass die Verwender des Boards keinerlei übersinnliche Begabung benötigen. Jeder kann darüber mit der Geisterwelt kommunizieren, das ist ja die Sensation."

Marco lachte leise. „Loyalität unter Gleichgesinnten ist von unschätzbarem Wert."

Diese Bemerkung brachte Powers zu einem unwilligen Räuspern, das wohl gleichzeitig ihr Eintreffen ankündigen sollte. Mit einem Schmunzeln folgte Viktor ihm und Marco. Bisher hatte er sich für sarkastisch gehalten, aber Marco stand ihm in nichts nach. Das machte ihn stolz.

Sie kamen in ein großes Zimmer, das von schwarzen Vorhängen abgedunkelt wurde, um den Schein der Straßenlaternen draußen zu halten. Es war beleuchtet von einer ganzen Batterie schwarzer Kerzen, die ein unheimliches Licht auf die Szenerie warfen. Sir Arthur saß auf einem reich verzierten Stuhl. Vor ihm lag auf einem runden Tisch das hochgepriesene Ouija-Board.

Viktor betrachtete es genau: Es war ein rundes Holzbrett, auf das in zwei Halbkreisen die Buchstaben des Alphabets geschrieben waren. Darunter gab es die Zahlen von null bis neun, ein Feld für „ja", eines für „nein" und noch ein „Goodbye". Das alles war von düsteren Zeichen umgeben und reich bemalt. Wahrscheinlich hatte der Club eine Sonderanfertigung erhalten, denn das Board war genau passend für die Größe des Tisches.

„Machen Sie sich bereit, die transzendente Welt zu betreten", begrüßte sie Sir Arthur mit einem entrückten Ausdruck. „Die ‚Brücke ins Jenseits' wird Ihnen den Weg ebnen."

Sein hageres Gesicht mit dem struppigen Backenbart sah für Viktor leichenblass aus. War er geschminkt? Er hasste diese Effekthascherei, die eine schauerliche Atmosphäre erzeugen sollte, doch leider verfehlte sie nicht ihre Wirkung auf ihn. Wo war der kritische Wissenschaftler geblieben? Begraben unter Schuldgefühlen und Verlustangst.

Marco hingegen schien guter Dinge zu sein, er zwinkerte ihm aufmunternd zu und setzte sich neben ihn, als sie in der Runde Platz nahmen. Er ergriff Viktors Hand und bot Ernest zu seiner Linken die andere an. Seine Wärme war wohltuend.

„Wir reichen uns nicht die Hände, das hier ist keine Séance. Selbst ein Einzelner könnte den Kontakt zu einem Verstorbenen herstellen. Jedermann kann das", erklärte Ernest mit breitem amerikanischen Akzent. Der Bursche hatte kurzes blondes Haar und Sommersprossen, so sonnengebräunt stand er in starkem Kontrast zu ihrem gespenstischen Medium.

Anscheinend war er mit dem Board geschickt worden, um seine Handhabung zu erläutern. Sir Arthur blinzelte irritiert, ließ sich aber weiterhin nichts anmerken. Ihm schwante wohl, dass er seine Rolle in dieser Sitzung falsch eingeschätzt hatte.

„Die Planchette wird uns die Botschaften aus dem Jenseits überbringen. Wir legen gleich jeder einen Finger darauf, um die Verbindung aufzunehmen." Zur Verdeutlichung hielt Ernest ein tropfenförmiges Brettchen hoch, das in der Mitte ein Loch besaß. „An der Unterseite gibt es kleine Füßchen, auf denen sie gleiten wird. Wir sehen durch die Öffnung den Buchstaben oder die Zahl und empfangen so Stück für Stück die Antworten auf unsere Fragen."

Die Anspannung in Viktor stieg, vielleicht war es eine Vorahnung. Schon den ganzen Abend hatte er sich gefühlt wie getrieben. Irgendetwas hatte ihn dazu gedrängt, die Börse mit ihren Ersparnissen einzustecken. Es beruhigte ihn, sie in der Tasche seines Gehrocks zu spüren. Es galt zu hoffen, auf dem Rückweg nicht überfallen zu werden. Jetzt erfasste ihn beinahe Panik, dabei hatte das Spektakel noch nicht einmal begonnen. Jedes feine Haar in seinem Nacken stellte sich auf.

„Werden wir gezielt einen Verstorbenen rufen?", fragte Marco und drückte Viktors Hand, die er wohl bewusst noch nicht losgelassen hatte.

„Nein, wir warten, wer sich meldet", kam Ernest Sir Arthur zuvor, der jetzt eine säuerliche Miene zur Schau trug. Er saß zwar auf dem größten Stuhl, aber das war es dann auch mit der Leitung dieses Treffens. Viktor amüsierte sich ein wenig, wobei er eigentlich Schadenfreude mied, aber der hochnäsige Kerl hatte es verdient.

Der Butler brachte ihnen Brandy und stellte vor jeden Teilnehmer ein Glas. „Dieser Drink geht auf die

Kellard Novelty Company", sagte Ernest mit einem Grinsen. „Es ist uns eine Ehre, die Gentlemen dazu einzuladen."

Das ließ sogar Powers peinlich berührt die Augen niederschlagen, ihre spiritistische Sitzung wandelte sich zu einer Werbeveranstaltung. Doch er hob sein Glas zum Toast. „Möge diese Zusammenkunft von Erfolg gekrönt sein."

„Hört, hört." Die geschnarrten Worte kamen von Sir Arthur, der Powers mit Blicken löcherte. Zwischen den beiden wurde es eisig, das war deutlich spürbar.

„Ich bin mir sicher, die Seelen werden überaus beeindruckt sein", fügte Marco lächelnd hinzu und ließ leider Viktors Hand los, um den anderen zuzuprosten.

Auch Viktor trank einen Schluck Brandy. Er war Hochprozentiges nicht gewöhnt und spürte den Weg der Flüssigkeit bis hinunter in den Magen. Schon im nächsten Moment erschien ihm dieser eher kühle Raum angenehm warm.

„Lassen Sie uns beginnen." Ernest war so schlau, der „Brücke ins Jenseits" mit einer kleinen Geste das Wort zu übergeben, und Sir Arthur plusterte sich wieder auf. Er nahm die Planchette und platzierte sie in der Mitte des Boards.

„Bitte legen Sie jetzt einen Finger entspannt auf diesen Zeiger", forderte er sie auf. „Mr. Hobbs, unser Butler, wird sich davon überzeugen, dass hier nicht geschummelt wird. Es gibt keine Magnete oder sonstige Vorrichtungen unter dem Tisch."

Viktor kam dem zögernd nach. Das mulmige Gefühl war wieder da, doch diesmal wurde es begleitet von einem leichten Schwindel. Lag das am Brandy? Sie hatten nicht gerade üppig gespeist.

Als alle Teilnehmer ihre Finger aufgelegt hatten, verdrehte Sir Arthur theatralisch die Augen und fragte mit hohler Stimme: „Ist jemand aus der Geisterwelt anwesend?"

Vor Erstaunen stöhnte Viktor auf, denn der kleine Holzschlitten rutschte ein wenig ruckelig, aber stetig, auf „ja". Das passierte ohne sichtbaren Kraftaufwand eines Beteiligten. Hobbs begutachtete das alles kritisch, doch er nickte zustimmend. Dann zog er sich in den Hintergrund zurück.

Eine Gänsehaut überlief Viktor, er konnte eine Energie spüren, wie sie auch die Luft auflud, wenn Blitze in seine Vorrichtung einschlugen. Diese Elektrizität erreichte jede Zelle.

„Wer bist du? Wie ist dein Name?", fragte Sir Arthur würdevoll. Er gab wieder ganz den Zeremonienmeister.

Fasziniert verfolgte Viktor, wie die Planchette flüssig und schnell über das Brett glitt. „J – O – N – A – T – H - A – N", buchstabierten sie alle laut mit und Viktor hätte fast vor Schreck seine Hand zurückgezogen. Es war ihm klar, wer sich dort meldete. Ihn fröstelte, denn seine größte Befürchtung schien einzutreffen.

„Das kann nicht sein", murmelte er und suchte Marcos Blick. Doch Marco wirkte abwesend, er schaute starr vor sich hin und wiegte seinen Oberkörper leicht vor und zurück. Seine Augen fixierten einen weit entfernten Punkt. Was war nur los mit ihm?

„Hat dich jemand gerufen, Jonathan?" Sir Arthur sah Marco besorgt an. Sein Zustand war auch ihm

nicht entgangen. Auf Viktor wirkte er angsteinflö-
ßend, es würde etwas Furchtbares geschehen. Am
liebsten hätte er die Verbindung abgebrochen.

Ein Gefühl von Unheil überkam Viktor, das anscheinend nicht nur ihn erfasste. Die Planchette stellte
sich hochkant und alle Männer ließen sie zur selben
Zeit los. Mit einem wütenden Knall stand das Ding
wieder auf seinen vier Füßen.

Fassungslos beobachtete Viktor, wie sich der Zeiger auch ohne eine Berührung langsam bewegte. Er
wanderte in Richtung „ja", aber dann stand er still.
Viktor hielt den Atem an, da begann sich das Hölz-
chen kaum merklich zu drehen, bis es auf Marco deutete.

Alle Blicke wanderten zu Marcos ausdruckslosem
Gesicht.

„Was hast du getan?", flüsterte Viktor bebend, als
sich ein deutliches Zittern in Marcos Körpers zeigte.
Die Schwingungen übertrugen sich sogar auf die
Tischplatte, denn er hatte seine Hände fest auf die
polierte Oberfläche gepresst. Seine Augen waren jetzt
geschlossen.

„Zu langsam. Gefahr!", brachte Marco mühsam
hervor, dabei bäumte sich sein Oberkörper auf wie
unter Krämpfen. Die Worte kamen eindeutig nicht
von ihm. „Menschen sterben."

Es entstand eine seltsame Pause, man hörte Powers' Schnaufen. Ganz offensichtlich war auch er
aufgeregt. Plötzlich war ihre Aufmerksamkeit wieder
auf die Planchette gerichtet, die sich nun wie von
Zauberhand über das Brett bewegte. „J – E – R – E –
M – Y", schrieb sie.

Viktors Herz gefror. Wollte ihnen Jonathan eine

Botschaft für seinen Geliebten mitteilen? Es klang dringlich, es schien dem Übermittler der Nachricht wichtig zu sein. Die Stille war zum Greifen kompakt, auch wenn sie nur einen Moment währte.

„Haus! Feuer!" Marco schrie es heraus, dann rutschte das Brettchen mit einem fürchterlichen Quietschen auf „goodbye".

Das Geräusch ging durch Mark und Bein, aber es setzte einen Schlusspunkt. Die Spannung ließ spürbar nach und die Atmosphäre veränderte sich. Sie waren wieder allein. Es kam Viktor so vor, als könnte er endlich wieder frei Luft holen.

„Anzug", flüsterte Marco. Er wirkte wieder klar und schaute ihn fragend an. „Ich trage Jonathans Anzug?"

Ein kalter Schauer durchfuhr Viktor. Das konnte Marco nicht wissen! Er hatte Jonathans Leiche die Kleider ausziehen müssen und sie dann mitgenommen. Bei einem Schneider ließ er sie ändern, damit sie Marco passten, aber darüber hatte er nie auch nur ein Sterbenswörtchen verloren.

„War dieser Jonathan ein Bekannter von Ihnen?", fragte Sir Arthur ein wenig indigniert, wohl, weil ihm schon wieder jemand die Schau gestohlen hatte. Trotzdem sah selbst er beeindruckt aus, wobei er eigentlich über ausreichend Erfahrung mit der jenseitigen Welt verfügen sollte.

„Wir müssen gehen." Marco stand auf und zog Viktor gleich mit hoch. Auf überflüssiges Geplänkel wollte er sich jetzt nicht einlassen und auch Viktor spürte die Dringlichkeit. „Es ist Eile geboten, das war eine deutliche Warnung. Da ist etwas im Gange."

Die anderen beiden Teilnehmer ihrer Runde saßen noch immer da wie versteinert. Powers und Ernest waren bleich und rührten sich nicht. Diese Ereignisse hatten sie wohl überrascht, obwohl sie nicht so von der Echtheit des Kontaktes überzeugt sein konnten wie Viktor und Marco. Ihr Ouija-Board hatte sich mehr als bewährt. Es war wahrlich ein schönes Spielzeug für jedermann. Für Kinder gar.

„Los doch!", rief Viktor und stürzte den Rest Brandy herunter.

***

„Was ist da passiert? Hat Jonathan deinen Körper übernommen?", fragte Vittorio und seine Stimme klang dabei ein wenig gepresst. Der Schreck saß noch in seinem Blick.

Marco hätte ihm gern die Angst genommen, indem er seine Arme um ihn legte, aber das ging hier in der Öffentlichkeit nicht.

Außerdem waren sie eiligen Schrittes unterwegs, denn sie hatten noch einen ordentlichen Fußweg vor sich bis nach Whitechapel. Sie mussten nach Hause, anders konnte er sich Jonathans Warnung nicht erklären. Auf die Schnelle war keine Droschke aufzutreiben, die Fahrer bevorzugten auch andere Stadtteile als Ziel. In der Dunkelheit wurden dort die Straßen von Prostitution und anderer Kriminalität beherrscht.

„Jonathan war eindeutig da", antwortete Marco. Sehr viel mehr konnte er momentan auch nicht sagen, er war noch zu verwirrt von den Ereignissen. Es hatte sich wie ein Druck angefühlt, der ihn an die Wand drängte, nur spielte sich alles in seinem Inneren ab. In seinem Kopf?

„Ich habe Bilder gesehen. Eine Flammenhölle und jemand hat geschrien." Atemlos blieb er stehen und zog Vittorio in einen dunklen Hauseingang. „Genau weiß ich es nicht, aber ich glaube, es war unsere Wohnung, sie brannte, der Giebel stand in Flammen."

Mit aufgerissenen Augen starrte Vittorio ihn an. „Das darf nicht sein! Wir müssen uns beeilen, vielleicht ist es noch zu verhindern. In dem Gebäude wohnen viele Menschen!"

Marcos Herz raste wie verrückt. Diese Begegnung mit Jonathan, den er schon über seine Erinnerungen kannte, hatte auch ihm Angst gemacht. Hoffentlich hatte er ihm keine Tür geöffnet, die er nicht mehr schließen konnte. Aber jetzt waren andere Dinge wichtiger, sie mussten Leben retten.

„Komm!", rief er Vittorio zu und sie traten wieder auf die Straße, um dann in einen leichten Trab zu verfallen.

Ein Königreich für eine Droschke, ein Pferd oder eine von diesen Motorkutschen. Auf dem Hinweg hatten sie die neue elektrische Untergrundbahn genutzt, die Marco wie ein Wunder bestaunte. Doch um diese Zeit fuhr sie nicht mehr.

Seine Lungen fauchten. Vittorio legte ein kräftiges Tempo vor, er war ein guter Läufer. Das Pochen in Marcos Schädel mochte die Ursache in der Übernahme seines Körpers haben, er hatte gleich danach starke Kopfschmerzen bemerkt. Jetzt kam es ihm vor, als quälte ihn jeder Schritt wie der Schlag eines Dampfhammers.

Als sie endlich in ihre Straße bogen, fühlte sich Marco, als würde er gleich die Besinnung verlieren. Aber der Anblick, der sich ihnen bot, alarmierte ihn.

Er hatte die Rauchschwaden bereits von Weitem gerochen. Das Haus, in dem sie wohnten, war eine einzige Feuersbrunst! Menschentrauben hatte sich davor versammelt und die Gesichter vieler Leute waren mit Ruß beschmiert. Marco sah Tränen, also würde es vielleicht sogar Todesopfer geben.

Die Feuerwehr war mit zwei Spritzenwagen vorgefahren, die nur knapp in die enge Gasse passten, und pumpte Wasser in den Hausflur. Die Fassade war bereits komplett weggebrannt. Das alles kam Marco so hilflos vor, denn es war einfach zu wenig, um den Brand zu löschen. Völlig entkräftet stützte sich er sich auf Vittorio und legte die Arme um ihn.

„Unser Heim", flüsterte der Dottore fassungslos.

Marco glaubte, seinen Augen nicht zu trauen. Er erkannte unter den Zuschauern die Studenten, die versucht hatten, ihn zu schlagen, und die er für die Urheber des Brandes hielt. Eine unbändige Wut stieg in ihm auf, die Schwäche war vergessen.

„Was macht ihr hier? Seht ihr euch an, was ihr angerichtet habt?", fuhr Marco den vermeintlichen Rädelsführer an und packte ihn an den Aufschlägen seines Gehrocks. Erst da bemerkte er den verzweifelten Ausdruck auf dem Gesicht des Burschen.

„Je-Jeremy", würgte der Kerl unter Tränen heraus. „Er ist dort hineingelaufen, weil er dachte, Sie wären noch drinnen."

„Was?", schrie Vittorio, der neben Marco stand. Gemeinsam starrten sie in die lodernde Hölle. Die Treppe brach gerade zusammen. Aber es hätte auch keinen Weg mehr gegeben, nach oben zu gelangen, wenn sie gehalten hätte. Niemand konnte diesem Element trotzen, das Feuer war übermächtig.

„Habt ihr das auf dem Gewissen?" Ehe Marco wusste, was er tat, landete seine Faust am Kinn dieses elenden Mistkerls, der ihnen mit seinen Kumpanen den Stein in die Wohnung geworfen hatte. Wild schlug Marco um sich, er packte sich gleich den Nächsten dieser Bande. Um ihn herum gab es Geschrei und Tumult, aber er kam erst wieder zu sich, als er von drei Männern auf den Boden gedrückt wurde.

„Sind Sie nicht der italienische Tourist?", fragte ihn ein Polizist, den Marco verwirrt anblinzelte, als der rote Nebel vor seinen Augen nachließ. Er erkannte ihn an seinem Helm, aber dem Gesicht war er auch schon begegnet.

„Die Brandstifter sind gefasst. Wir haben die Bagage festgenommen, von denen Sie zwei übel zugerichtet haben. Das hat uns wenig Mühe bereitet. Mir ist bekannt, dass diese Halbstarken Sie bedroht haben. Haben Sie in diesem Haus gewohnt?", fügte der Beamte hinzu.

Natürlich, der Zusammenstoß an der Tower Bridge. Diesen Mann schickte der Himmel. Marco nickte und hielt Ausschau nach Vittorio, um ihn an seiner Seite zu entdecken. Er hatte anscheinend geholfen, ihn niederzuringen, und ließ nun zögernd seinen Arm los.

„Bist du in Ordnung? Du blutest an der Lippe." Behutsam tupfte Vittorio an seinem Mund herum, aber Marco wollte nur aufstehen. Er lächelte mühsam und ließ sich von seinem Dottore helfen.

„Ich hätte dir nicht den Körper eines Preisboxers geben sollen", flüsterte Vittorio ihm ins Ohr und schaute ihn anerkennend an. „Du kannst auch mit den Fäusten umgehen."

Es kochte noch immer in Marcos Adern, aber er lächelte müde. Er hatte schon immer ein aufbrausendes Temperament gehabt, darauf war er nicht unbedingt stolz.

„Gehören Sie zu den Menschen, die hier alles verloren haben?", fragte sie ein Geistlicher. Der ältere Mann sah sie freundlich an. „Dann kommen Sie bitte in die Kirche, dort stehen Feldbetten und eine warme Suppe bereit."

„Warten Sie, ich brauche Ihre Personalien", brachte sich der Bobby in Erinnerung. „Können Sie sich ausweisen?"

„Marco Dandolo. Für die Dauer meines Besuchs wohnhaft in diesem Haus."

Natürlich hatte er keine Papiere, aber dann fiel Marco die Benachrichtigung vom „Strand"-Magazin ein, die er in seiner Brieftasche bei sich trug. Er hatte seinen echten Namen benutzt, weil Chesterfield in London zu bekannt war. „Hier sehen Sie meine Adresse, der Rest ist leider verbrannt."

Als er das Blatt faltete und zurückstecken wollte, bekam er ein weiteres Stück Papier in die Finger. „Ich habe hier den Drohbrief dieser Burschen für Sie", sagte Marco leise und reichte den Zettel an den Polizisten weiter. Er war der Eingebung gefolgt, ihn aus der Ascheschublade zu holen, um ihn mitzunehmen. „Sie haben angekündigt, uns zu denunzieren oder Brandbomben fliegen zu lassen. Wenn Sie Wert darauf legen, können Sie uns festnehmen wegen gleichgeschlechtlicher Liebe."

Leider blieb ihm nichts anderes übrig, als ihre Zuneigung zuzugeben, weil die Drohung mit der Anzeige in der kurzen Schmähschrift erwähnt wurde. Aber es war wichtiger, dass dieser Beweis bei dem Gerichtsverfahren zur Brandstiftung Berücksichtigung fand. Er spürte, wie Vittorio nach seiner Hand griff und sie nicht mehr losließ. Marco hielt dem Blick des Polizisten stand, während er Vittorios Finger sanft drückte.

„Besagter Jeremy Whittaker aus diesem Schreiben soll laut Aussage eines dieser Herren in das brennende Haus gelaufen sein. Er wird wohl leider unter den Todesopfern sein", sagte Marco und presste die Lippen zusammen. „Er war ein außergewöhnlicher Mann."

Tränen stiegen in Marco auf, er konnte sie nicht unterdrücken. Jeremy hatte ihn für Jonathan gehalten, zumindest hatte er sie miteinander in Verbindung gebracht – intensiv genug, um sein Leben dafür aufs Spiel zu setzen. Er konnte nur hoffen, dass Jeremy jetzt mit seinem geliebten Jonathan vereint war. Auch Vittorios Wangen waren nass, als er ihn ansah.

Jetzt wussten sie, wem die Warnung aus dem Jenseits gegolten hatte. Aber sie waren zu spät gekommen. Es fühlte sich grauenhaft an, irgendwie die Schuld an Jeremys Tod zu tragen. Auch, wenn es ein Missverständnis in ihrer Abwesenheit gewesen war.

„Kannten Sie Mr. Whittaker?", fragte der Polizist.

„Nur flüchtig." Marco musste kräftig schlucken, denn mit den Erinnerungen aus Jonathans Gedächtnis entsprach dies nicht ganz der Wahrheit. Es gab da einige erotische Details, von denen er Vittorio lieber nichts erzählte.

„Waren Sie miteinander liiert?"

„Nein, ich habe meinen Gefährten hier an meiner

Seite", sagte Marco und lächelte Vittorio an, soweit es ihm möglich war.

„Ach, na ja …", begann der Bobby nachdenklich. „Das mit Ihrer Selbstanzeige wegen Homosexualität muss ich jetzt nicht zwingend verfolgen. Es tut mir sehr leid, wenn Sie bereits dafür drangsaliert und erpresst wurden."

Der Mann schob seinen Helm zurück und betrachtete ihre miteinander verschränkten Finger, dann schmunzelte er. „Liebe bringt Sie wohl am ehesten über diesen Schicksalsschlag hinweg. Danke für Ihre Hilfe bei den Ermittlungen, die Täter werden ihre gerechte Strafe erhalten."

Marco konnte nichts sehen, seine Sicht war tränenverschleiert, nur Vittorio gab ihm Halt. Ein warmes Gefühl breitete sich in seiner Brust aus „Danke."

„Ich habe leider nur eine Decke übrig." Der Geistliche war noch da und reichte ihnen ein Bündel.

„Das ist kein Problem, wir teilen sie uns", hörte Marco Vittorio sagen, dann legte ihm sein Dottore den Stoff um die Schultern und schmiegte sich an ihn. Heute mussten sie nicht mehr so tun, als wären sie nur Freunde. Jeder durfte es sehen.

Kapitel 9

„Und du denkst, wir werden mit unseren Mitteln klarkommen?", fragte Viktor vorsichtig, nachdem er ihre doch recht dünn gewordene Reisebörse betrachtet hatte.

„Entspanne dich, Zuccherino." Marco legte lächelnd den Arm um ihn.

Sie saßen im Salonwagen des Club Trains, der sie von Calais nach Paris bringen würde. Dort hieß es umsteigen in den Mediterranen Express. Er konnte es nach den Strapazen gar nicht glauben, endlich auf der Reise zu sein.

Gerade hatten sie die Überfahrt von Dover genossen und Viktor war noch wie aufgekratzt. Mit der Eisenbahn und einem Dampfschiff waren sie gefahren. Der Ärmelkanal lag hinter ihnen und Viktor war zum ersten Mal in seinem Leben nicht in England.

„Die Tickets waren nur so teuer." Er versuchte, sich zu beruhigen, und lehnte sich gegen Marco.

„Dafür bringen uns diese Fahrkarten bis runter an die Côte d'Azur. Du kannst in der Schönheit der französischen Landschaft schwelgen. An der Grenze müssen wir sowieso das Geld in Lira wechseln und ich werde einen guten Kurs aushandeln." Schmunzelnd beugte sich Marco zu ihm und küsste seine Stirn. „Du machst dir zu viele Sorgen. Wir kommen problemlos mit dem Rest nach Venezia. Dann sehen wir weiter."

Viktor schloss die Augen und atmete tief durch. Die Übernachtungen in einer Notunterkunft der Kirche hatten sie zum Glück so gut wie nichts gekostet, ebenso die Verpflegung der vergangenen Tage. Bei dem Brand war alles zerstört worden, was sie besessen hatten. Ihnen gehörte nur noch, was sie am Leib trugen, aber durch Viktors Eingebung waren keine Ersparnisse und wichtigen Papiere verbrannt.

Als ein Mitarbeiter der Bahn zu ihnen kam, zuckte er für einen Moment zusammen. „Pardon, Messieurs, hier sind Ihre Pässe. Es ist alles in Ordnung, wenn Sie nichts zu verzollen haben", sagte der Mann, der zu seiner Uniform eine seltsam flache Mütze trug.

„Wir haben nichts zu deklarieren, vielen Dank." Wie selbstverständlich nahm Marco ihre Reiseunterlagen entgegen und steckte sie in seine Rocktasche.

„Es ist schon seltsam, dass der Brand mir geholfen hat, Jonathans Identität weiterzuführen", sagte Marco leise, nachdem der Bahnbedienstete gegangen war, und lächelte wehmütig. „Das Schreiben der Polizei, in dem der Verlust des Passes bestätigt wird, verleiht dem gefälschten Dokument mehr Glaubwürdigkeit. Sie haben nur nicht geahnt, Baron Jonathan Chesterfield offiziell wieder zurück ins Leben begleitet zu haben."

Officer Brady, so war der Name des Bobbys, der das Protokoll in der Unglücksnacht aufnahm, hatte Marco diese Bescheinigung ausgestellt, damit er sich neue Ausweispapiere beschaffen konnte. Einen Namen hatte er nicht erwähnt, daher konnte Marco diesen beliebig einsetzen. Ab sofort war er also Jonathan.

Nach dem, was im Ghost Club vorgefallen war, fühlte sich Viktor nicht besonders wohl mit seiner Wahl, daher würde er ihn weiterhin Marco nennen. Sie hatten noch nicht über die Ereignisse dieses Abends gesprochen, weil diese von einigen Todesfällen überschattet wurden. Jeremy Whittakers verkohlte Leiche fand man unter den Trümmern der Holzstiege, er musste auf der Treppe zur Mansarde von den Flammen eingeschlossen worden sein. Laut den Aussagen der Täter hatte er sie begleitet und war dann ins Haus gelaufen, als es ernst wurde.

In der Etage darunter war eine Mutter mit vier Kindern in ihrer Wohnung verbrannt und im Erdgeschoss ein alter Mann. Viktor hatte diese Menschen kaum gekannt, trotzdem ging ihm ihr Schicksal nahe. Die Überlebenden waren nun ohne Heim und auch zwei angrenzende Häuser waren unbewohnbar geworden, nachdem das Feuer auf sie übergriff.

Viktor gab sich eine Mitschuld an diesem Inferno, denn es war eine Folge seiner Experimente gewesen. Obwohl sie nicht darüber redeten, wusste er, dass auch Marco sich schuldig fühlte. Das Unfassbare an „Jonathans Wiederauferstehung" führte zur Angst und dem daraus resultierenden Hass der Studenten. Durch diese Tat hatten die Burschen nicht nur ihre eigenen Leben zerstört.

„Denkst du an Jeremys Beerdigung?", fragte Marco und strich zärtlich mit einem Finger über Viktors Arm. Der Zug war recht leer, daher konnten sie ein wenig Privatsphäre genießen.

Am Vortag hatten sie an der Zeremonie teilgenommen und Viktor beschlich das Gefühl, die Hinterbliebenen und andere Trauergäste hätten mit den Fingern auf sie gezeigt. Das war nichts als Einbildung gewesen, aber es tat weh, sich an diese furchtbaren Dinge zu erinnern.

„Eher an tote Menschen und Obdachlose, die nicht wissen, wohin sie sich wenden sollen", murmelte er und legte seinen Kopf kurz an Marcos Schulter. Sein Mundwinkel zuckte schmerzhaft, ein Lächeln wollte ihm nicht gelingen.

„Schau mich an, Dottore", flüsterte Marco und hob sein Kinn. „Die Zeit wird diese Wunden heilen. Sie deckt den Mantel des Vergessens über alles und es wird immer ein wenig besser werden. Auch kleine Schritte führen uns in ein neues Leben. Ich bin einfach froh, dich bei mir zu haben."

Viktors Augen füllten sich mit Tränen. Er wusste, Marco trug diesen Optimismus für ihn vor sich her. Wie es in seinem Inneren aussah, stand auf einem anderen Blatt. Immerhin war Jeremy gestorben, um ihn zu retten. Diese Bürde würde er so schnell nicht loswerden und die Traurigkeit spiegelte sich in seinem Blick.

„Du bist das allerliebste Monster, das ich jemals erschaffen konnte", brachte Viktor mit belegter Stimme hervor und schaute Marco an. „Das Menschlichste überhaupt, was mir bisher begegnet ist."

Er sah, wie Marcos Kehlkopf hüpfte, auch er schluckte hart. Trotzdem versuchte sein wunderbarer Gefährte, gefasst zu bleiben.

„Zumindest ist dein Wunsch in Erfüllung gegangen. Du hattest doch gehofft, Jonathan zurückzuholen und mit ihm zusammensein zu können", hauchte Marco an seinem Ohr, bevor er sanft hineinbiss.

Eine Gänsehaut rieselte über Viktors Rücken. „Es war schlimm genug, bei der Sitzung mit dem Ouija-Brett zu sehen, wie Jonathan deinen Körper übernommen hat. Und sei es nur für die kurzen Momente gewesen. Ich weiß, du bist Marco … und ich will niemand anderen als dich."

Schmunzelnd fügte Viktor hinzu: „In Italien bist du Baron Chesterfield, aber in England kennt man dich als der Literat Marco Dandolo, der im ‚Strand' veröffentlicht wie andere schriftstellerische Größen. Auf Letzteren bin ich so stolz, ich könnte platzen."

Als sich Marco sein Honorar bei dem Magazin abgeholt hatte, versicherte man ihm, gern weitere Geschichten aus seiner Feder abzudrucken. Die kleinen Unebenheiten der Sprache würde ein Lektor glätten, aber die Qualität seiner Erzählung wäre herausragend. In Zukunft sollte er seine Manuskripte mit der Post aus Italien schicken.

„Hast du schon gesehen, wem ich meine Version der Monster-Story gewidmet habe?", fragte Marco mit einem schelmischen Grinsen.

„In Liebe: für Viktor." Jetzt spürte er die Hitze in sich aufsteigen. Er bewunderte Marcos Mut. „Die Leute mögen denken, was sie wollen. Wahrscheinlich halten sie mich für deinen Sohn."

„Aber nur auf dem Papier." Marco zupfte an Viktors Bärtchen und streichelte dann mit den Lippen seinen Mund. „Papier ist geduldig. Und ich kann es kaum erwarten, einen Liegewagen mit dir zu teilen."

***

Behutsam löste sich Marco aus Vittorios Umarmung. Sie hatten eine Schlafkabine gebucht und sich gemeinsam in die untere Koje gelegt. Eigentlich war die Liegefläche sehr schmal, aber sie benötigten auch auf einer breiten Bettstatt nicht mehr Platz. Gleich wurde ihr Frühstück gebracht und einer von ihnen sollte bis dahin Hosen tragen, um es entgegenzunehmen.

Vittorio seufzte und zog das Kissen an sich. Es war wundervoll, ihn so zu betrachten. Auf Reisen war es nicht ungewöhnlich, dass sich zwei Gentlemen ein Abteil teilten, überhaupt fühlten sie sich befreit, seit sie England verlassen hatten. Das ging nicht nur Marco so, er konnte Vittorio förmlich zusehen, wie er seine Zurückhaltung verlor. In der letzten Nacht musste er dem Dottore den Mund zuhalten, weil er ein wenig zu enthemmt gewesen war.

Draußen huschte die Landschaft an ihnen vorbei. Marco stützte sich auf die Fensterhalterung und ließ die Eindrücke auf sich wirken. Schon wieder diese schwarzen Vögel. Ein ganzer Schwarm von ihnen schien dem Zug zu folgen. Waren ihm jemals so viele von ihnen aufgefallen?

Raben oder Krähen sollten angeblich die Wächter der Seelen sein, die sie auf ihren Wegen begleiteten. War es dem Universum bereits aufgefallen, dass er nicht an seinem ursprünglichen Bestimmungsort angekommen war? Hatte es sich überhaupt um ein Versehen gehandelt?

Seine Gedanken waren zu absurd, um sie Vittorio mitzuteilen. Marco empfand es als unnötig, ihn mit solchen Befürchtungen zu belasten, aber er hatte an jedem Halt, den sie machten, ungewöhnlich viele der krächzenden Gesellen gesehen. Was passierte, wenn die Vögel den Irrtum bemerkten? Wahrscheinlich würde er aus diesem Körper gerissen und zurück bliebe ein Berg toten Fleisches, das er ursprünglich gewesen war.

Ungeduldig versuchte Marco, diese Bilder wegzuwischen. Er war beunruhigt wegen der ganzen letzten Ereignisse. Bei der spiritistischen Sitzung hatte er gespürt, wie Jonathans Präsenz die Seine verdrängte. Also war eine Seele doch nicht so feinstofflich, immerhin ließ sie sich als Einheit wegschieben.

Und doch stieß nur eine Energie ein anderes Kraftfeld ab. Das nahm Marco zumindest an. Die Seele war nicht materiell, aber sie beinhaltete die Persönlichkeit und die Gefühle eines Menschen. Jonathan war noch er selbst, also schien das Bewusstsein auch den Tod zu überdauern.

Jonathan hatte gewusst, was mit Jeremy geschehen würde. Er sprach seine Warnung aus, obwohl ihm klar war, dass sie seinen Geliebten nicht würden retten können. Schon vor der eigentlichen Erwähnung der Gefahr sagte er: Zu spät. In genau diesem Moment hatte Marco seine Verzweiflung gespürt.

War man nach dem Sterben Teil des „göttlichen" Plans und in alle Wendungen des Schicksals eingeweiht? Existierten möglicherweise solche Einblicke in die Zukunft in Marcos Erinnerung? Auch er war zumindest kurz tot gewesen. Da konnte eine Hypnose vielleicht Klarheit bringen, aber wer würde in Trance versetzt werden? Marco oder Jonathan? Würde er ihn damit rufen?

Die Übernahme von Marcos Körper war kein feindlicher Akt und Jonathan hatte ihn freiwillig wieder freigegeben. Aber hätte er ihn weiter besetzt halten können, wenn es in seinem Sinne gewesen wäre? Vielleicht benötigte Jonathan gar kein Ouija-Brett oder eine Anrufung, um Besitz von ihm zu ergreifen. Marcos Kopf und das Herz hatten einmal ihm gehört. War dort der Sitz der Seele und konnte Jonathans Geist ein- und ausfahren, wie es ihm beliebte?

Allein die Vorstellung war Marco sehr unangenehm. Sein Pulsschlag hatte sich beschleunigt. Dies war jetzt sein Leben und er war fest entschlossen, es glücklich mit Viktor zu verbringen. So faszinierend er die Seelenforschung fand, er wollte nichts riskieren.

Langsam knöpfte er sein Hemd zu, nachdem er es sich übergeworfen hatte.

„Herein", rief er, als es klopfte, und nahm ein großes Tablett entgegen. „Vielen Dank." Dann stellte er ihr Frühstück auf einem Klapptisch an der Wand ab und reichte dem Steward ein paar Münzen. Der junge Mann war für den Waggon zuständig und würde ihnen Störungen vom Hals halten.

„Feiner Assamtee", murmelte Vittorio und schnupperte, ohne die Augen zu öffnen.

Marco lächelte, denn er schenkte sich endlich wieder einen Kaffee ein. Tee war für ihn ein labbriges Zeug im Vergleich. Er mochte es gerade am Morgen kräftig. Den besten Kaffee hatte er in einer Bar probiert, in der es eine dampfbetriebene Maschine gab, die beim Brühen fauchende Geräusche von sich gab. Vielleicht konnte er den technikbegeisterten Vittorio zu diesen Genüssen verleiten.

Als der Dottore sich auf die Ellbogen stützte, rutschte ihm die Decke herunter und entblößte seine nackte Brust. Sofort gingen Marco noch weitere Dinge durch den Kopf, zu denen er ihn gern verleiten wollte. Jetzt und hier, in der Abgeschiedenheit ihrer Schlafkabine.

„Wo sind wir gerade?", fragte Vittorio noch halb benommen und ließ einen verwunderten Blick über das Gebäck gleiten, das man ihnen in einem kleinen Körbchen serviert hatte. Sicher vermisste er seinen Toast, aber Marco kannte den buttrigen Geschmack der französischen Hörnchen und freute sich bereits darauf.

„Wir haben den Bahnhof von Lyon vor einer Viertelstunde verlassen." Diese Information würde Vittorio nicht viel sagen, denn Marco glaubte nicht, dass er eine Vorstellung von der vor ihnen liegenden Strecke hatte.

Auf dem Tablett stand eine große Schale mit Marmelade. Die Croissants aß Marco lieber in seinen Milchkaffee getunkt, aber er hatte eine Idee.

„Hattest du eine gute Nacht nach unserer … Entspannung?", fragte er dunkel und verführerisch, während er sich über Vittorio beugte und ihn sanft küsste.

„Das Bett hat gewackelt, darum konnte ich nicht gut schlafen. Außerdem war ich so aufgeregt." Viktor schaute ihm direkt in die Augen und es fuhr ein Kribbeln bis in Marcos Unterleib. Dieser Mann mit den verwuschelten Haaren und seinem kleinen Bärtchen hatte es ihm angetan. Besonders vor dem Rasieren, denn er mochte es, wenn Vittorios Wangen einen stoppeligen Schatten hatten.

Mittlerweile hatte er sich ihm untergeordnet, was Marco durchaus gefiel, weil es auf eine natürliche und selbstverständliche Weise geschah. Aber er würde seinen Gefährten an die Hand nehmen und ihm auch seine eigene Stärke vor Augen führen. Trotzdem genoss es Marco, einfach in ihm zu versinken.

Er nahm den Marmeladenlöffel und grinste. „Du bist jetzt Frankreich, Zuccherino."

„Ich bin … Frankreich?", wiederholte Vittorio erstaunt.

Marco verzierte die rosige Brustwarze, die unter der Decke hervorblitzte, mit einem Erdbeerhütchen.

„Wie fühlt sich Paris an?" Fasziniert beobachtete Marco, wie sich die Warze zu einem festen Kügelchen zusammenzog.

„Kühl", brachte Vittorio ein wenig atemlos hervor, aber er ließ es zu, dass Marco ihn vollständig entblößte.

Was für ein Anblick! Der Dottore war ein Bild von einem Mann. Mit kleinen Tropfen zog ihm Marco eine Linie über den muskulösen Bauch.

„Wir sind die ganze Nacht über das Gebirge gefahren. Dort ist Lyon, wo wir gerade noch waren." In die Vertiefung des Nabels gab Marco einen Klecks und kostete von der Marmelade, um ihm dann seinen heißen Atem über die Haut zu pusten.

„Oh … gut. Wir haben also den Bauchnabel Richtung Süden verlassen", flüsterte Vittorio bebend.

„Genau, jetzt geht es nach Marseille und von dort an die Riviera." Die nächsten Markierungen begannen an Vittorios Hüfte und bewegten sich unaufhaltsam auf die Lende zu. Marco lachte leise. „Über Cannes und Nizza fahren wir genau am Meer entlang, das wird wunderschön. In Ventimiglia geht es am Abend über die Grenze nach Italien."

Marco gab etwas Erdbeeriges an die Stelle, wo Vittorios Schamhaar begann. „Dort ist ein Wäldchen, davon habe ich noch nichts gewusst", sagte er schelmisch grinsend. „Ungewöhnlich am Strand … aber so kommen wir nach Genua."

„Dort … dort ist meine Männlichkeit im Weg." Das Spiel amüsierte Vittorio sichtlich, aber er konnte seine Erregung nicht verbergen, sie schwang atemlos mit.

„Ja, das sind die Alpen." Mit einem genüsslichen

Brummen rieb Marco sein Gesicht über die samtige Haut von Vittorios praller Erektion, er knabberte sich hoch bis zur Spitze und leckte darüber.

„Aber halten wir uns nicht mit Hindernissen auf", fügte er schmunzelnd hinzu und sah die Enttäuschung in Vittorios Blick. Dafür bekam er einen marmeladigen Klecks über die Gliedwurzel.

„Wir umgehen die Alpen, indem wir hoch nach Milano fahren und von dort geht es direkt über deinen flachen Bauch nach Venezia." Triumphierend markierte er auch die andere Lende mit einem kleinen Erdbeerhügel.

„Haben wir die Alpen nicht ein wenig schnell abgehandelt?", fragte Vittorio mit einem verlangenden Glühen im Blick.

Zufrieden betrachtete Marco sein geografisches Kunstwerk und lehnte sich zurück. „Möchtest du jetzt einen Tee?" Seine unschuldige Frage erwiderte Vittorio mit einem Knurren.

„Bitte, Marco. Ich bin ein süßes und klebriges Frankreich. Du solltest mich probieren, diese Versuchung schmeckt nach Erdbeere."

„Ich mochte das Land noch nie besonders", gab er lachend zurück. „Aber ich mag den Gedanken, dich langsam und mit Genuss abzulecken."

Marco schlüpfte aus seinen Kleidern und beugte sich über Vittorio, um seine Brustwarze mit der Zunge zu umkreisen. Er spürte, wie ein Zittern durch den wundervollen Körper lief.

„Teile deinen Geschmack und Duft mit mir, Fragolino." Ohne Vorwarnung, legte sich Marco auf ihn und drehte sich gemeinsam mit Vittorio auf den Rücken. „So kannst auch du deine Sinne verwöhnen."

„Was bedeutet Fragolino?“, hauchte Vittorio vor Marcos Lippen und biss ihn zärtlich.

„Du bist wie ein süßer perlender Wein.“ Sie hatten noch einige Stunden Bahnfahrt bis zur Küste, deren Schönheit sie nicht verpassen sollten. Bis dahin wusste auch Marco, sich hinzugeben, und sie würden sich gegenseitig mit den Zungen verwöhnen. „Erdbeerwein“, flüsterte er.

***

Viktors Herz war übervoll mit neuen Eindrücken. Bisher hatte er noch nicht einmal geahnt, wie gut sich die Welt anfühlte. Sie sahen die Berge, die massiv aufragten, und gleich darauf das Meer. Der Zug war wirklich direkt am Ufer entlanggefahren und er genoss die Strecke nach Genua in Marcos Armen.

Die letzte Nacht war nicht so komfortabel, da sie es sich in einem normalen Abteil auf den Sitzen bequem machen mussten. In Milano waren sie ein letztes Mal umgestiegen. Viktor hätte sich gern länger dort aufgehalten, aber er spürte, wie Marco immer angespannter wurde, je näher sie seiner früheren Heimat kamen. Es zog ihn nach Venedig, aber leider verriet er ihm nicht, was ihn derart beschäftigte.

Zu Viktors Sorge würden sie ziemlich abgebrannt dort ankommen, aber dafür schien Marco eine Lösung zu haben. Was sollten sie tun, wenn ihnen das Geld ausging? Das machte Viktor unruhig, zumal Marco immer weniger sagte.

„Was hast du für Pläne, wenn wir da sind?“, fragte Viktor und stützte sich auf Marcos Knie, als er sich vorlehnte, um aus dem Fenster zu sehen. Der Mann, der sich zu ihnen ins Abteil gesetzt hatte, räusperte sich angesichts dieser vertrauten Geste.

Viktor hatte schnell den Unterschied zum Méditerranée Express bemerkt. In dem Luxuszug verkehrte ein ganz anderes Publikum und sie hatten sich frei bewegen können. Hier wurden sie seltsam angesehen, wenn sie sich zu nahe kamen.

„Ich möchte zu meiner Familie, Vittorio", erklärte Marco mit gedämpfter Stimme. „Um sie wiederzusehen und etwas zu holen. Dafür müssen wir uns an meinen Bruder heranmachen, ohne Einladung kommt man nicht ins Haus meiner Eltern."

Endlich weihte Marco ihn ein, Viktor hatte sich ausgeschlossen gefühlt. Jetzt konnte er nur hoffen, nichts Illegales tun zu müssen. „Was verstehst du unter heranmachen? Wir sind Fremde für deinen Bruder."

„Ja, aber ich kenne ihn in- und auswendig, seine Gewohnheiten und Vorlieben. Außerdem ist er nicht besonders helle und umgibt sich gern mit Künstlern, damit das nicht so auffällt." Marco grinste und warf dem Mann neben ihm einen prüfenden Blick zu. „Wir geben uns als meine Freunde aus, dann wird er schmelzen wie Butter; immerhin ist sein kleiner Bruder bei einem Unfall gestorben."

Amüsiert betrachtete Viktor ihn. „Du nennst eine Kugel zwischen die Augen einen Unfall?" Was für ein hübscher Schwerenöter Marco wohl gewesen war? „Gibt es noch Bilder von dir?"

„Es hat mich überrascht." Marco seufzte. „Ich habe mich nie auf so etwas wie ein Duell vorbereitet, ich hielt es für nicht mehr zeitgemäß. Daher konnte ich auch nur laienhaft mit der Pistole umgehen."

160

Das ging gegen Viktors Gerechtigkeitsempfinden. Es war ein unfaires Prozedere und jemand hätte einschreiten müssen.

„Konnte man den Konflikt nicht anders beilegen? Wieso hast du dich darauf eingelassen? Auch den Adjutanten und den anderen Leuten hätte klarsein müssen, dass es kein ehrlicher Entscheid sein würde, wenn dir dein Gegner haushoch überlegen war", sagte Viktor erschüttert.

Die Traurigkeit in Marcos Blick war wieder da und es zerriss Viktor das Herz. Da steckte noch mehr hinter, das spürte er deutlich.

„Ich hatte keine Wahl." Als sie sich ansahen, schluckte Marco. „Meinem Vater hat mein Lebensstil nie gefallen, daher meinte er, es wäre die gerechte Strafe, wenn ich gefordert würde. Er hat mir keinen Ausweg gelassen, ich musste unseren Familiennamen verteidigen."

„Damit hat er seinen eigenen Sohn getötet", stellte Viktor entsetzt fest. Seine Eltern hatten wenig Geld und keinen Ruf, den sie hätten verlieren können, aber sie hatten ihn geliebt. Marcos Leben hatte wohl anders ausgesehen, aber Viktor wollte nicht mit ihm tauschen.

Marco schaute auf ihre Hände und lächelte. Ihre Finger hatten sich miteinander verflochten, sie fanden sich von allein. Der fremde Passagier in ihrem Abteil starrte sie fassungslos an. Offensichtlich hatte der Mann sie belauscht.

„Nein, er fand einen Dummen, der ihn von seinem missratenen Sohn befreite, ohne dass das Gesetz dagegen eine Handhabe hatte. Es war ein ehrenvoller Tod, also blieb unser Ansehen unbeschmutzt", sagte

Marco, ohne eine Emotion zu zeigen.

Wie furchtbar. „Denkst du über Rache nach oder willst du nur sehen, wie deine Familie mit ihrem Verlust umgeht?" Viktor fühlte sich schauderhaft bei dieser Vorstellung. Eltern sollten ihre Kinder lieben.

Aber Marco schwieg, es dauerte eine ganz Weile. Viktor war froh, als ihr Mitreisender endlich aufstand und sie mit einem Nicken verließ.

„Eigentlich will ich mir nur holen, was mir gehört. Und dann beginnen wir ein neues Leben, in dem es so laufen wird, wie es sein sollte. Und besser ...", brachte Marco endlich mühevoll heraus, nachdem sie wieder allein waren. „Und es müsste Fotos von mir in meinem Elternhaus geben. Ich war ein gut aussehender Bastard."

Doch weiter schien er seine Gedanken nicht erläutern zu wollen, darum versanken sie wieder in gemeinsamem Schweigen. Draußen zog Italien an ihnen vorbei und Viktor fragte sich, was es wohl für ihn bereithalten würde.

***

„Sieh dir dieses wunderschöne Haus an, es wirkt beinahe verzaubert", schwärmte Vittorio und Marco lächelte. Der Dottore schien sehr empfänglich für seine Heimat zu sein, es war bereits das dritte Sommerhäuschen, das ihm sehr gut gefiel. Sie befanden sich noch auf dem Festland, die Lagune lag direkt vor ihnen.

„Möchtest du es mieten? Wir könnten hierbleiben, solange es warm ist, und uns dann im September langsam auf den Weg in den Süden machen." Marco brauchte einen Platz, an dem er schreiben konnte – und Vittorio sollte seine Muse sein. „Da ist viel Raum für l'amore und es gibt einen Garten mit Kletterrosen. So etwas liebt ihr Engländer doch, oder?", fügte er amüsiert hinzu.

Hatte er es geschafft, Vittorio zum Erröten zu bringen, oder vertrug er die Sonne nicht? Es war egal, Marco hätte ihn am liebsten sofort in die Arme gezogen und geküsst.

„Sag mir bitte noch mal, was wir vorhaben." Vittorio war stehengeblieben und schwang sich seine Tasche über die Schulter. Es war nicht viel drin, nur das Nötigste, das sie hatten kaufen müssen.

„Wir gehen jetzt in die Bar, in der mein Bruder sich bevorzugt aufhält. Da die Situation in unserer Kasse angespannt ist, sollten wir keine Zeit verlieren. Ich weiß nicht, ob er den Köder sofort schlucken wird," erklärte Marco knapp. Er konnte Vittorio nicht in Einzelheiten einweihen, denn er hatte ein viel zu ehrliches Gesicht. Wenn sie schnellen Erfolg wollten, musste Marco alle Register ziehen.

Das ‚Preludio' war eine Art Nachtcafé, ein Anlaufpunkt für die Boheme der Stadt, für Künstler und anderes buntes Volk. Die meisten Gäste hielten sich für intellektuell und besonders, Marco hatte ihre Gesellschaft lieber gemieden. Obwohl er zugeben musste, dass wirklich schlaue Männer darunter gewesen waren, mit denen er interessante Stunden verbrachte.

„Die Bar ist in San Marco, ich bin nach diesem Heiligen benannt. Die Altstadt erreichen wir am besten mit einem Vaporetto. Du fährst doch gerne Boot? Auch sie zischen und qualmen." Er zupfte Vittorio am Ohrläppchen, um ihn zu necken.

Bei der Überfahrt des Ärmelkanals war der Dottore voller Begeisterung, weil er noch nie eine so große dampfbetriebene Maschine gesehen hatte. Das Schiff war riesig, aber er konnte auch nicht verbergen, zum ersten Mal auf einem zu fahren. In solchen Dingen staunte er wie ein großer Junge.

„Ja, ich liebe es", bestätigte Vittorio strahlend. „Du bist sicher kein Heiliger."

Es war schön, ihn so freudig zu sehen, Marcos Laune besserte sich auch zusehends. „Sicher nicht ... Überlasse das Verhandeln mir und verzeih, wenn ich Italienisch mit den Leuten rede."

Touristen wurden traditionell übers Ohr gehauen, das wusste Marco, daher würde er sich als Einheimischer ausgeben. Nur sein Bruder würde ihn natürlich als Baron Chesterfield kennenlernen.

„Meine Familie spricht auch ein wenig Englisch. Bitte sei nicht gekränkt, wenn ich sage, uns verbindet nur Freundschaft, sie schätzen die Liebe unter Männern nicht", erklärte Marco.

„Das ist kein Problem, ich halte mich einfach zurück. Sage ihnen, ich seie schüchtern, das trifft es gar nicht so schlecht." Vittorio lächelte ihn breit an. „Ich mag dieses Land, man kann den Frühling riechen und das Licht ist ganz anders als in London."

„Du hast dich viel zu lange bei deinen Leichen vergraben", stellte Marco fest und dirigierte Vittorio direkt zu der Treppe, die zum Bootsanleger führte. „An meiner Seite wird das Leben nie langweilig, das kann ich dir versprechen. Aber du wirst die Aufregung vielleicht verfluchen."

Auf der untersten Stufe blieb Vittorio stehen und schaute zu ihm hoch. „Darf ich dich an die vergangene Woche erinnern? Ich habe einen Vorgeschmack darauf bekommen."

Wieder zerriss es Marco fast, ihn nicht in seine Arme ziehen zu können. „Ich weiß, es ist viel passiert, doch es war nicht meine Schuld."

„Das weiß ich auch. Meine Experimente haben das ganze Unheil heraufbeschworen", sagte Vittorio bedrückt. „Du konntest nichts dafür, ich habe dich in diese Lage gebracht. Ich schwöre, nie wieder der Schöpfung ins Handwerk zu pfuschen."

Langsam ging Marco zu ihm hinunter und schaute ihm tief in die Augen. „Ist das dein feierlichster Schwur?"

„Das ist er."

Er antwortete Vittorio nicht, sondern stahl sich einen schnellen Kuss, bevor sie jemand wirklich wahrnahm. Die Menschen waren blind, wenn etwas nicht sein konnte. Kein Mann würde einen anderen einfach so in der Öffentlichkeit küssen …

„Entschuldigung angenommen. Und danke, dass du mir das Leben geschenkt hast. Damit haben wir uns endgültig nichts mehr vorzuwerfen, lass den Schwermut sinken und genieße das Neue", schlug Marco mit einem Lächeln vor.

Widerwillig ließ er Vittorio los und wappnete sich, den Fahrtpreis auszuhandeln.

***

„Das ist dein Bruder?", fragte Vittorio und schaute ihn mit halb geöffnetem Mund an. „Und du warst der Hübschere?"

Sie hatten das ,Preludio' gerade betreten und sahen

sich um. Es war nicht weiter schwer, den Gesuchten zu finden.

„Ja." Marco knurrte seine Zustimmung mehr als alles andere. Es schmeichelte ihm irgendwie, Vittorio zu gefallen, aber es drehte auch schmerzhaft die Klinge in seiner Wunde.

Obwohl Marco an seiner Seite glücklich war und kaum fassen konnte, eine zweite Chance bekommen zu haben, so fehlten ihm doch die Familie und seine gewohnte Umgebung. Er hatte dieses unbekümmerte Leben geliebt, aber es war vorbei.

Trotzdem freute er sich auf das, was kommen würde, sobald alles erledigt war. Einen Vittorio hatte es bisher nie gegeben, und er wollte ihn um nichts in der Welt wieder hergeben.

Um nicht aufzufallen, versuchte Marco, seine Erklärung möglichst leise zu halten: „Das ist Lorenzo, aber ich habe noch drei weitere Brüder und vier Schwestern. Ich bin der Jüngste, davor kommt er. Dieser Stupido hat ebenso wenig geerbt wie ich, aber er hatte auch nicht mehr den Vorzug, das Nesthäkchen zu sein. Wir haben uns nie gemocht."

Lorenzo saß dort inmitten seiner Freunde, die wie immer die Lautesten in der Bar waren und die Aufmerksamkeit auf sich zogen. Die aufdringliche Art fand Marco abstoßend, trotzdem mussten sie in diesem Fall mitspielen.

„Komm mit und lasse demonstrativ die Tasche fallen, als wäre sie schwer", raunte er Vittorio zu und steuerte einen Tisch an, an dem sich zwei Männer über ihren Getränken ansahen und schwiegen. Es war leider kein anderer Platz mehr frei, aber so konnten sie direkt neben der munteren Gruppe sitzen.

Nach einem trauernden Bruder sah Lorenzo nicht gerade aus, aber etwas anderes hatte Marco auch nicht erwartet. Dafür war er zu oberflächlich und selbstverliebt. Aber sein überflüssiges Geplänkel regte Marco trotzdem auf.

„Wen haben wir denn da?", fragte plötzlich ein Kerl vom Nebentisch auf Italienisch und deutete theatralisch zu ihnen herüber. „Zwei Engländer würde ich sagen, die schon im Dunkeln wie die Hummer leuchten." Die ganze Bagage lachte und machte zotige Sprüche. Wahrlich, so stellte Marco sich die intellektuelle Elite vor. Schwachköpfe. Ein ganzer Stall voll.

„Ich muss aber keine Angst haben, uns gleich in einem Faustkampf wiederzufinden, oder?", fragte ihn Vittorio, der die freche Bemerkung nicht verstanden hatte, leise.

Marco zwinkerte ihm zur Beruhigung zu.

„Wenigstens ist es auch hinter unseren Augen beleuchtet, was man von deinen nicht behaupten kann", gab Marco ebenso laut zurück und schaute den Wortführer durchdringend an. „Wie dumpf muss es bei dir glühen, wenn du Gäste deines Landes derart begrüßt?"

„Haha, das war ein guter Konter!", rief Lorenzo und hob sein Glas. Er schien mal wieder in leutseliger Laune zu sein. „Kommt rüber zu uns und trinkt mit uns, Brüder!"

Wie recht er doch hatte. Es belustigte Marco trotz aller Wehmut, dass niemand wusste, wer er war.

„Das schont unsere Börse", raunte er Vittorio zu, als er aufstand und sie beide mit ihren Stühlen zu den anderen stießen. Sie tauschten einen Blick und Vittorio lächelte.

Schicksalsergeben wendete sich Marco seinen alten Bekannten zu. Wenn dieses Pack ein neues Spielzeug hatte, wurde es herumgereicht, und gerade standen sie im Mittelpunkt des Interesses. Sie wurden üppig mit Getränken ausgestattet und von allen Seiten bedrängte man sie mit Fragen. Vittorio konnte natürlich wenig zur Unterhaltung beitragen, also überließ er Marco das Wort.

Er erstaunte ihre Gastgeber mit seinen Sprachkenntnissen, denn natürlich musste Marco sich weiter als Brite ausgeben. Zu jeder seiner Antworten konnte einer der gnadenlosen Zecher eine Anekdote beisteuern. Die anderen fielen ein und sie lachten laut. Es kostete Marco Überwindung, über diesen simplen Humor hinwegzusehen.

„Führt ihr ebenso freche Reden, wenn ihr auf die englische Sprache zurückgreifen sollt?", fragte er, nachdem sie in mehreren Runden angestoßen hatten. „Eure Zungen müssten doch bereits gelockert sein und mein Freund Viktor spricht kein Italienisch. Ich habe ihn kurzfristig überredet, mich auf diese Reise zu begleiten."

Seine Bitte wurde mit großem Hallo aufgenommen und sie ließen Vittorio hochleben. Das war auch alles, sie führten ihre Unterhaltungen unbeirrt italienisch fort. Typisch für diese Ignoranten.

„Es macht mir nichts", flüsterte ihm Vittorio zu. „Führe deinen Plan durch, ich habe auch so meinen Spaß." Tapfer stieß er mit ihm an und trank weiter. Die Bande würde ohnehin erst Ruhe geben, wenn er bis zur Hutkrempe abgefüllt war.

Marco nickte, er konnte problemlos bei diesem Gelage mithalten, zumindest fühlte er sich nicht besonders angeschlagen.

„Sag mal, kennst du einen Marco Dandolo?" Er tat so, als würde er Lorenzo eingehend betrachten. „Du könntest sein Bruder sein, du hast nur nicht dieses kleine Grübchen."

Insgeheim amüsierte er sich, denn um diese Vertiefung in seinem Kinn hatte Lorenzo ihn immer beneidet. Seiner Meinung nach hatte Marco wegen ihr Erfolg bei den Frauen gehabt. Von Charme hatte der Kerl noch nie etwas gehört.

„Du kanntest meinen Bruder?", schrie Lorenzo förmlich, damit es auch jeder im Raum hörte. Ehe sich Marco versah, hatte er ihn fest an sich gedrückt. „Das ist unglaublich! Du kanntest Marcolino! Was hat dich hierhergeführt?"

Dieser scheinheilige Mistbock! „Nanntest du ihn nicht vielmehr Principino, weil du meintest, er würde sich wie ein kleiner Prinz aufführen? So hat er es mir geschrieben." Marco genoss, wie Lorenzo sich wand, sollte er ruhig Gewissensbisse haben. Mit diesem Namen hatte er ihn gepiesackt, wann immer er konnte. Gleichzeitig stellte Marco durch dieses Wissen seine Glaubhaftigkeit unter Beweis, denn das war nie nach außen gedrungen.

Er erklärte zusätzlich: „Wir sind hier, um Blumen auf sein Grab zu legen. Ich habe zufällig von seinem Tod erfahren."

„Ein Freund von Marco ist ein Freund der Familie Dandolo", posaunte Lorenzo gleich heraus. Er liebte große Gesten. „Habt ihr beiden schon einen Platz zum Schlafen? Ihr könnt dort übernachten, wo Marco gewohnt hat, dann seid ihr meinem kleinen Bruder nahe. Möge der gütige Gott ihn selig haben."

„Danke, das ist sehr freundlich." Jetzt hatte Marco ihn dort, wo er ihn haben wollte. Er hätte nicht erwartet, Lorenzo so leicht manipulieren zu können.

Der Wintergarten, der seine Bleibe gewesen war, diente jetzt anscheinend als Unterkunft für Gäste. Obwohl es nicht jeder schätzte, vom Kanal aus gesehen zu werden, aber er hatte in seinem Bett die Sonnenaufgänge genossen. Sein Glaspalast.

Für Marcos Zwecke war diese Lösung ideal, denn es kam ihm darauf an, ins Haus zu kommen, ohne den dort lebenden Menschen zu begegnen. Das konnte möglicherweise gefährlich werden.

Außerdem hegte er noch immer einen Groll gegen seine Eltern. Aber auch von seinen Geschwistern hatte niemand zu ihm gehalten, als es um die für ihn entscheidende Frage gegangen war. Es hatte wohl keiner damit gerechnet, dass er sofort sterben würde. Dann auch noch bei einem Duell, das eigentlich als überholt galt und keiner mehr ernst nahm.

Sein Herzschlag nahm ein wenig Fahrt auf, als er daran dachte, seinem Vater entgegenzutreten. Vielleicht sollte er ihm eine Pistole vor die Nase halten, damit der alte Herr wieder wusste, was das für ein Gefühl war.

Unter dem Tisch gab er Vittorio ein Zeichen, aber sein Dottore weilte nur noch knapp unter den Lebenden, der süße Wein war ihm wohl nicht bekommen. Er saß zusammengesackt auf seinem Stuhl. Jetzt sollte Marco verhindern, dass ihn diese Idioti noch weiter abfüllten.

„Erzählt mir von Marco", forderte er die Herrschaften auf. „Ihr wart doch alle mit ihm bekannt."
Beinahe hätte sich ein diabolisches Grinsen auf Mar-

cos Gesicht ausgebreitet, aber er unterdrückte es im letzten Moment. Jetzt würde sich zeigen, welche Lobgesänge er nach seinem Tod zu erwarten hatte. Mit zumindest einem in der Runde hatte er das Bett geteilt und er war wirklich gespannt.

Doch die ganze Situation bereitete ihm ein ungutes Gefühl. Tanzte er auf seinem eigenen Grab?

Kapitel 10

Marco amüsierte sich noch immer über Vittorio, den er taumelnd bis zum Bootsanleger gebracht hatte. Der Dottore hatte sein erstes Schläfchen im Sitzen bereits hinter sich, jetzt hieß es, ihm vorsichtig in das wackelige Ruderboot zu helfen.

„Sind wir schon zuhause?", fragte Vittorio zum wiederholten Mal mit schwerer Zunge.

„Noch nicht, mio amico, aber gleich."

Es stimmte Marco sehr nachdenklich, denn ganz offensichtlich sehnte Vittorio sich nach einem Heim. Hoffentlich konnte er ihm bald ein solches bieten. Sie würden füreinander sorgen und ein unabhängiges Leben führen. Aber jetzt musste er eine vertraute Welt betreten, die nicht mehr zu ihm gehörte. Freiwillig hätte er sich niemals hierher zurückbegeben, doch ihm blieb nichts anderes übrig.

„Nimm du das eine Ruder, ich übernehme diese Seite", sagte Lorenzo, der sich halb totgelacht hatte, bis sie sicher auf den Planken saßen. „Der Bursche hat ordentlich was geladen. Gut, dass er nicht über Bord gegangen ist."

Er war selbst betrunken genug für ein Bad im Kanal und Marco hatte kurz die Idee, etwas nachzuhelfen. Aber er musste zugeben, sich sogar über das Wiedersehen mit Lorenzo zu freuen. Nur ihre Versuche, im selben Rhythmus zu rudern, waren von mäßigem Erfolg gekrönt. Marco legte sich lieber allein in die Riemen, mit seinem Bruder hatte er noch nie harmoniert.

„Lass Vittorio nicht umkippen, dann bringe ich

uns sicher rüber", wies er Lorenzo an und tauschte den Platz mit ihm. Obwohl sein Körper sich nicht an die Wasserbewegungen erinnern konnte, hatte Marco keine Probleme mit dem Geschaukel. Dieses Boot war immer sein Begleiter auf den Kanälen gewesen.

Die Villa seiner Familie stand auf Giudecca, einer großen Insel, die der venezianischen Altstadt vorgelagert war. Sie hatten einen grandiosen Blick über die Lagune. Dort konnte man fernab des Rummels gut leben. Zwischen den Häusern befand sich ein Netz aus kleinen Wasserläufen und jedes hatte eine eigene Anlegestelle. Es brauchte ein wenig Geschicklichkeit beim Aussteigen, weil es statt eines Steges nur rostige Ringe an der Mauer gab. Dafür hatte der Hintereingang eine kleine Plattform für sicheren Stand.

Ein Lächeln schlich sich auf Marcos Gesicht, als er Lorenzo und Vittorio einhellig nebeneinander schlafen sah. Sie stützten sich gegenseitig, während er es genoss, endlich wieder kräftig zu rudern. Dabei spürte er jeden Muskel, den ihm dieser Preisboxer auf den Weg gegeben hatte. Nach einigem Zögern hatte ihm der Dottore verraten, aus welchen Teilen er ihn zusammenfügte. Es gruselte Marco noch immer, weil sein Körper ebenso tot gewesen war wie seine Seele.

Sein altes Heim näherte sich mit jedem Zug. Das alles war ihm so bekannt, dass es wehtat. Unter diesem Dach wohnten seine Eltern und Lorenzo jetzt allein mit der Dienerschaft. Mittlerweile war das Haus viel zu groß für sie. Marcos Schwestern hatten es für eine einträgliche Heirat verlassen. Die drei ältesten Brüder erbten Ländereien und Titel, als sich ihr Vater vor einigen Jahren aus dem geschäftlichen Leben zurückzog.

Für Lorenzo und ihn war keine Verantwortung übrig geblieben, trotzdem erhielten sie monatlich eine großzügige Apanage, mit der sie sich ihre Annehmlichkeiten leisten konnten … Von dem Geld hatte Marco etwas zurückgelegt. Es befand sich direkt vor ihm und den Schlüssel dazu hielt er in der Hand.

Als er das Boot festband, stellte er sich vor, wie es wäre, wenn ihm Angelo die Tür öffnete. Sein Leibdiener hatte ihn immer erwartet, ganz gleich, wann er heimkehrte. Es fühlte sich gut an, von jemandem empfangen zu werden. Oft genug half er ihm nicht nur hinein, sondern auch aus seinen Kleidern. Das war vor Vittorios Zeit gewesen, Marco genoss seine Freiheit mit all ihren wilden Seiten.

Jetzt musste er wohl Lorenzo wecken, sonst kamen sie nicht in die Villa. Erstaunt hob er den Kopf, als er das vertraute Knarren des Schlosses hörte. Die schwere Eichentür schwang auf und er stand … Angelo gegenüber. Natürlich, wieso war er nicht selbst darauf gekommen? Seine Eltern hatten ihn in ihrem Dienst behalten und er wartete jetzt auf Lorenzo. Diese Erkenntnis traf ihn direkt ins Herz.

„Mar…", begann Angelo, aber dann schwieg er und starrte ihn an, als er ins Licht trat. Irgendetwas ging zwischen ihnen vor, da war eine Verbindung gewesen, die jetzt abriss. „Scusi, Signore. Bringen Sie meinen Herrn nach Hause?"

Hatte er seine Präsenz gespürt? Marcos Puls nahm Fahrt auf, das war selbst ihm unheimlich. Angelo war sehr sensibel, der hübsche Bengel wusste schon immer genau, wie es ihm ging und was er ihm Gutes tun konnte. Es hatte keine Worte zwischen ihnen gebraucht.

„Ja, Signore Dandolo ist ein wenig angeschlagen. Er hat mich und meinen Begleiter für eine Übernachtung eingeladen. Baron Jonathan Chesterfield und Mr. Frankenstein aus London, ich bin ein Freund von ..."

„Signore Marco Dandolo, den uns das Schicksal geraubt hat", vervollständigte Angelo seinen Satz. In seinen Augen sammelten sich Tränen. „Habe ich recht? Kommen Sie bitte herein, ich helfe Ihnen dabei, die Signori aus dem Boot zu holen."

Es war gar nicht so einfach, keinen von den beiden Schläfern ins Wasser fallen zu lassen. Sie hatten alle Hände voll zu tun und Marco war froh, Angelo dabei zu haben. Allein hätte es wohl ein Unglück gegeben, zumal die Herren nicht so leicht zu wecken waren.

„Woher weißt du, dass ich Marco kannte?", fragte er Angelo, nachdem sie Lorenzo auf einer Bank abgesetzt hatten und Marco Vittorio umarmte, um ihn auf den Füßen zu halten. Er musste es unbedingt wissen, vielleicht war Angelos Sensibilität der Schlüssel zu weiteren Antworten.

„Ich habe seine Anwesenheit deutlich gespürt, das ist das erste Mal nach seinem Tod. Warum sollte sein Geist Fremde begleiten?" Angelo erklärte dies ganz unbeschwert und grinste, während er sich eine Träne von der Wange wischte. Eine Welle ehrlicher Trauer ging von ihm aus.

„Du glaubst an solche Dinge? Darüber haben wir nie gesprochen." Es kam Marco vor, als wäre alles so wie früher. Er schaute Angelo in die Augen. Dort lagen erst Zweifel, dann Erkennen und Faszination. Der Blick ging bis in den kleinen Zeh.

„Dio mio!", murmelte sein ehemaliger Leibdiener.

175

„Dann hat mich mein Gefühl nicht betrogen, Sie sind es!"

Oh nein, eine Gänsehaut kroch über Marcos Rücken. Warum hatte er sich verraten? Es war zwar keine Gefahr zu erwarten, aber gerade gegenüber Angelo musste er sich verschließen.

„Was weißt du über Tote und Seelen?" Diesmal formulierte Marco seine Frage etwas nachdrücklicher.

„Meine Nonna hat mir alles darüber erzählt." Noch immer musterte Angelo ihn interessiert. „Verstorbene kommen als Wiedergänger zurück, wenn sie etwas zu tun haben oder eine Ungerechtigkeit rächen wollen. Wollen Sie wissen, wo Ihr Mörder wohnt?"

Marco musste lächeln, die Begeisterung in Angelos Augen erfreute ihn. Ja, seine Großmutter war eine patente Frau, er hatte sie kennenlernen dürfen. Im Grunde war es sinnlos, Angelo gegenüber seine Existenz zu leugnen. Vielleicht konnte er ihm wirklich helfen, dem Geheimnis auf die Spur zu kommen.

„Ich bin nicht hier, um Rache zu nehmen. So ein Wiedergänger bin ich nicht, meine Seele hat einen neuen Körper bekommen. Das ist sicher schwer zu verstehen." Seufzend umfasste Marco Vittorio etwas fester, da seine Beine drohten, wegzuknicken. Er hielt jede Wette, dass der Dottore im Stehen schlief.

„Gar nicht schwer. Das waren meine Gebete", gab Angelo lächelnd zurück. „Tragen wir ihn zusammen in eines der Gästezimmer. Oder lieber in den Wintergarten?"

Wieder einmal bewunderte Marco Angelos pragmatische Weise, an Dinge heranzugehen. Meist war seine Sicht einfach, aber führte direkt zur Lösung eines Problems.

„In den Wintergarten." Noch einmal wollte Marco in seiner gewohnten Umgebung sein, um Abschied zu nehmen. Sein Tod war so plötzlich gekommen, auch er hatte nicht damit gerechnet.

Gemeinsam brachten sie Vittorio zu ihrer vorübergehenden Bleibe und legten ihn dort aufs Bett. „Soll ich helfen, Ihren Freund auszukleiden?", fragte Angelo schmunzelnd. „Oder sind Sie vertraut genug, das selbst zu tun?"

Neugier funkelte in seinem Blick und er hätte sicher gern mehr erfahren über ihre Beziehung, aber Marco war lieber vorsichtig. In diesem Haus wurde Homosexualität nicht gern gesehen. Wegen Angelo hatte er keine Bedenken, immerhin hatten sie sich oft genug miteinander vergnügt, aber ihr Aufenthalt sollte nicht durch eine unbedachte Bemerkung erschwert werden.

„Vielen Dank, das schaffe ich schon." Er legte Angelo kurz die Hand auf die Schulter. „Danke auch fürs Beten. Ich bin froh, dich wiederzusehen, aber wir werden nur für diese eine Nacht bleiben."

Als Angelo nickte, wirkte er ein wenig niedergeschlagen. „Kann ich nicht mitkommen? Ich arbeite den ganzen Tag für ein Bett und etwas zu essen. Hier ist es so trist geworden, ich habe nichts zu tun."

Das konnte Marco gut nachvollziehen, aber sie hatten noch nicht einmal ein Heim, wozu brauchten sie in ihrer Situation einen „Butler"? Er schmunzelte selbst darüber, denn mit so einem steifen englischen Diener hatte Angelo nichts gemein.

„Es tut mir leid, Angelo, im Moment passt es leider nicht. Aber wir kommen vielleicht auf dein Angebot zurück, wenn wir hier sesshaft geworden sind.

Zumindest über den Sommer wollen wir in Venedig bleiben."

Die Enttäuschung in Angelos Blick war nur schwer zu ertragen, aber Marco fragte sich auch, wie Vittorio auf den gut aussehenden Burschen reagieren würde.

„Wer weiß schon, was passieren wird", sagte Angelo. „Eine gute Nacht, Signore. Ich werde Ihren Bruder jetzt zu Bett bringen. Hoffentlich ist er nicht von der Bank gefallen."

Marco lächelte. Der alte Optimist. Ganz sicher machte es Angelo nicht halb so viel Spaß, für Lorenzo zu arbeiten. „Gute Nacht."

Nachdem Angelo gegangen war, zog Marco seinem Zuccherino die Kleider aus und betrachtete ihn lange. Auch er war müde, aber er musste warten, bis das ganze Haus schlief, bevor er es wagen konnte, seinen Plan zu vollenden.

***

Leise schloss Marco die Tür hinter sich und blieb im dunklen Flur stehen. Das Haus war alt und manchmal konnte man die muffige Feuchtigkeit riechen, die vom Fundament hochstieg. Aber hauptsächlich lag der Duft des Holzpflegemittels, mit dem der Boden gewachst wurde, in der Luft.

Die Stille um ihn herum war vertraut, er kannte es, wenn alles ruhig war. Er hatte es virtuos beherrscht, hier unbemerkt herumzuschleichen, wenn er spät heimgekommen war und noch Hunger hatte. Die Küche war nicht weit entfernt und lag ebenfalls im Untergeschoss. Nur war er nicht als Fremder unterwegs und ihm wäre nichts passiert, wenn er aufgefallen wäre. Er hörte das dumpfe Trommeln seines Herzschlags in den Ohren.

Um an das Versteck des Geldes zu kommen, musste er die Vertäfelung im Treppenhaus öffnen. Eine heikle Aufgabe.

Zwei, fünf, sieben. Er wusste genau, welche der Stufen knarrten. Das Paneel der Verkleidung war nur festgeklemmt, er hatte die Schrauben vor längerer Zeit entfernt. Es lag an einer Stelle, wo man es nicht aus Versehen öffnen konnte.

Die Abdeckung löste sich zögerlich, er musste vorsichtig sein und durfte das Holz nicht verkratzen. Mit den Fingerspitzen drückte er gegen den Rand. Endlich gab die Platte nach und er lehnte sie an das Geländer. Alles war wie sonst auch. Trotzdem hielt er vor Anspannung die Luft an, als er in den Hohlraum griff.

Der Inhalt war noch da. Unberührt.

Marco atmete tief durch und packte die Bündel mit den Scheinen in seine Reisetasche. Mit jedem Päckchen, das er hervorholte, stieg seine Erleichterung. Das war ihr neues Leben.

Er hatte nie nachgezählt, nur alles zur Seite gelegt, was er erübrigen konnte. Es sah so aus, als würden sie die nächste Zeit über die Runden kommen. Jetzt nur noch die Vertäfelung verschließen.

Mist! Für einen Moment hatte er nicht aufgepasst und war auf die falsche Stufe getreten. Das Geräusch kam ihm überlaut vor. Atemlos horchte er in die Stille. Sein Puls raste.

Es blieb alles ruhig und Marco machte sich weiter auf den Rückweg. Vittorio würde ihn kaum vermisst haben, aber er freute sich auf das bequeme Bett. Darin hatte er immer wunderbar geschlafen. Nur noch um diese Ecke, dann war es geschafft.

Neben seinem Ohr hörte er ein metallisches Klicken. Seine Bewegung gefror. Bitte, keine Pistole!

„Nehmen Sie die Hände hoch!" Das war Marius, das Oberhaupt der Dienerschaft. Mit dem Mann war nicht zu scherzen, nicht mit dem falschen Gesicht.

Marco ließ die Tasche fallen und gehorchte zögernd. Was machte der Kerl um diese Zeit hier? Vielleicht stand er bereits auf, es war gegen vier in der Frühe. Darüber hatte sich Marco nie Gedanken gemacht.

„Erklärungen können Sie gegenüber der Herrschaft abgeben. Und jetzt erst mal die Treppe hoch", sagte Marius schnarrend.

Mit der Mündung im Rücken blieb Marco wenig anderes übrig. Langsam lief er vor Marius her und schwitzte heftig.

Nicht schon wieder. Wenn er sterben musste, dann sollte es kein weiterer Schuss sein, der ihm das Leben nahm. Er bildete sich ein, die Kugel gesehen zu haben, wie sie auf ihn zugeflogen war. Plötzlich konnte Marco kaum noch atmen, seine Schritte wurden unsicher.

„Ich bin Gast in diesem Haus und habe nach dem Waschraum gesucht. Signore Lorenzo hat mich und meinen Begleiter eingeladen", erklärte er stockend, damit für Marius schon einmal die Möglichkeit bestand, dass er kein Einbrecher war.

Er vermied ruckartige Bewegungen und ging den vorgegebenen Weg. Marius hatte nur geknurrt und Marco erinnerte sich daran, ihn nie besonders gemocht zu haben. Ohne nachzudenken, wandte er sich nach links in die Richtung der Gesellschaftsräume, als sie in der ersten Etage waren.

„Sie kennen sich ja gut aus. Haben Sie den Waschraum oben vermutet? Ich habe gehört, wie Sie die Treppe heruntergekommen sind." Die Mündung drückte sich fester in Marcos Rücken und er hielt die Luft an. „Wie ist ihr Name?"

Seine Haltung straffte sich. Er musste sich dringend zusammenreißen. Für Vittorio. „Ich bin Baron Jonathan Chesterfield", sagte er mit einer Spur Arroganz, um sich Glaubhaftigkeit zu verschaffen. Es war erniedrigend, von einem Diener mit der Waffe bedroht zu werden. „Man hat uns Gastfreundschaft gewährt, weil Signore Marco mein Freund war."

Jetzt schien Marius doch behutsamer mit ihm umzugehen, der Druck der Pistole verschwand. Aber Marco machte sich viel mehr Sorgen, gleich seinen Eltern entgegentreten zu müssen. Ein inneres Zittern hatte ihn erfasst, das auch durch seine zur Schau getragene Selbstsicherheit nicht weichen wollte.

„Gehen Sie in den Salon und warten Sie. Ich wecke Don Franco und die Donna. Bei Signore Lorenzo werde ich einen Versuch starten." Mit einer knappen Verbeugung ließ Marius ihn allein. „Die Reisetasche habe ich gesehen, also versuchen Sie nicht, sie verschwinden zu lassen. Wenn mich nachts ein menschliches Rühren aus dem Bett treibt, gehe ich ohne Gepäck", fiel Marius noch im Gehen ein.

Der Mann besaß mehr Humor, als Marco gedacht hatte. Nur war ihm nicht nach Lachen zumute. Das Verschließen der Tür kam ihm vor wie das Einläuten des jüngsten Gerichts. Doch schon im nächsten Moment ging sie wieder auf und Angelo kam herein.

„Sie sind in Schwierigkeiten, Signore", stellte er lakonisch fest und betrachtete die Waffe in seiner Hand, als überlegte er, ob sie sich den Weg freischießen sollten. Marius hatte ihm die Pistole wohl aufgedrängt.

„Ich weiß." Marco seufzte. Das hier hatte er vermeiden wollen, denn beim Anblick seines Vaters würde ihn die Wut packen. Die Vorstellung, wie seine Mutter auf ihn reagierte, machte ihm Angst, nachdem Angelo ihn sofort erkannt hatte.

Ihnen blieb nur kurz Zeit.

„Hör zu, ich weiß nicht, wie das hier ausgeht, aber du könntest mir einen Gefallen tun", sagte Marco leise. „Bitte bringe Vittorio zurück zum Boot und bereite alles vor, damit wir schnell verschwinden können."

Der Gedanke an Flucht war eigentlich absurd. Trotzdem musste er zumindest Vittorio in Sicherheit wissen. Angelo würde ihm irgendwie aus der Patsche helfen, wenn es notwendig war. Das hier war Marcos Angelegenheit und das sollte es auch bleiben.

„Brauchen Sie die Waffe?" Bereitwillig hielt ihm Angelo die Pistole hin. „Ich helfe, wo ich kann."

Marco spürte ein Lächeln aufsteigen. „Vielen Dank, ich habe keine guten Erfahrungen mit diesen Dingern gemacht."

„Oh, ich vergaß."

In diesem Moment öffnete sich die Tür wieder und der Hausherr stand dort, ein Gewehr im Anschlag. Marcos Mutter hatte eine Hand auf seine Schulter gelegt und folgte ihm mit jedem Schritt.

„Ich bin Franco Dandolo, Sie befinden sich in

meinem Heim", begann sein Vater seine Rede. „Wie ist Ihr Name und wie kommen Sie dazu, nachts mit einer Reisetasche herumzuschleichen?"

Seine Erscheinung war wenig respekteinflößend, wenn er einen Morgenmantel trug, daher hatte er wohl zur Flinte gegriffen. Der mächtige Schnurrbart in seinem Gesicht war eisgrau und Marco fiel auf, wie alt er geworden war.

„Baron Jonathan Chesterfield." Er verbeugte sich kurz und schaute dem Don dann fest in die Augen. „Ihr Sohn Lorenzo hat mir und meinem Begleiter eine Unterkunft angeboten, da wir Freunde des verstorbenen Marcos sind. Nach der Nachricht von seinem Tod bin ich hierhergereist, um ihm die letzte Ehre zu erweisen. Wir waren eng miteinander verbunden, nachdem wir uns auf einer meiner Reisen hier kennengelernt haben."

„Bitte sparen Sie sich die Erläuterung, wie eng Sie verbunden waren", sagte sein Vater mit knarziger Stimme. Natürlich kam ihm gar nicht in den Sinn, dass Marco auch einfach nur Freunde gehabt haben konnte. Das stachelte seinen Zorn an.

„Was immer wir miteinander geteilt haben: *Ich habe ihn nicht in den sicheren Tod geschickt.*" Marco hob sein Kinn und hielt seinem Blick stand. „Mit allem Respekt, Signore, aber Sie kommen aus einer Zeit, in der Duelle noch gang und gäbe waren. Ihnen war klar, in welche Gefahr Sie Ihren Sohn hineingezwungen haben. Oder wussten Sie etwa nicht, wie schwer es ist, mit einer Pistole zu treffen, wenn man ungeübt ist? Er hatte keine Chance."

Sein Vater schnaubte und Marco konnte sehen, wie seine Mutter sich entsetzt die Hand über den

Mund legte. Wenn er es so weiter betrieb, würde er den schnellen Abschied nehmen müssen, den Angelo hoffentlich gerade vorbereitete.

„Ich wusste nicht, was für ein guter Schütze sein Gegner ist. Lenken Sie nicht von sich ab, dieses Urteil steht Ihnen nicht zu. Das sind Familienangelegenheiten!"

Natürlich war sein Handeln jenseits jeder Kritik, genau so kannte Marco seinen Vater. „Zeigen Sie mir jetzt, was sich in Ihrer Tasche befindet", forderte der Don grollend. Er atmete heftig, Marco hatte also einen wunden Punkt getroffen. Gut so. „Haben Sie unsere Gastfreundschaft missbraucht und uns bestohlen?"

Ein Schmunzeln stahl sich auf Marcos Gesicht, während er die Schnallen öffnete. „Das ist die Reisekasse, wir sind natürlich nicht mittellos unterwegs. Darum habe ich unsere Barschaft zur Vorsicht mitgenommen, denn ich bin in einem fremden Haus und man kann nie vorsichtig genug sein."

Auf dem Gesicht seines Vaters malte sich Fassungslosigkeit ab. „Sie haben befürchtet, ich würde Diebesgesindel unter meinem Dach beherbergen?"

Wie herrlich er die Augen aufriss, aber Marco beobachtete die Mimik seiner Mutter. Es schmerzte, seine Mamma zu sehen und sie nicht umarmen zu dürfen. Sie war eine strenge Frau mit eisernem Willen. Ihre Handschrift war auch nicht schlecht, er hatte nicht selten eine Ohrfeige einstecken müssen. Trotzdem verfolgte er ihren Gesichtsausdruck mit Sorge.

„Marcolino", flüsterte sie vor sich hin und hob ihren milchigen Blick, als würde sie ihn sehen. Er hatte sie nie anlügen können, seine Mutter musste einen zusätzlichen Sinn besitzen, der ihr das Augenlicht ersetzte. „Das ist mein Sohn! Und er müsste tot sein!"

Marco schluckte und ignorierte ihre Worte. „Ich entschuldige mich für mein Misstrauen, aber ich wurde auch noch nie auf meinem Toilettengang mit einer Waffe bedroht", entgegnete er seinem Vater trotzig und überlegte, wie er sich dieser Situation so schnell wie möglich entziehen konnte. Seine Mamma machte ihm Angst. „Bitte sehen Sie nach, ob etwas von Ihrem Geld fehlt, denn mir reichen Ihre Unterstellungen ebenfalls."

In diesem Moment kam Marius herein und flüsterte seinem Herrn etwas zu. Wahrscheinlich hatte Marcos Vater ihn beauftragt, nachzusehen, ob der Tresor unbeschädigt war.

Don Franco räusperte sich und strich sich den Bart glatt. „Ich muss für diese Behandlung Abbitte leisten, es ist alles in bester Ordnung. Als Hausherr entschuldige ich mich in aller Form und betrachte Sie und Ihren Begleiter natürlich als unsere Gäste. Morgen beim Frühstück erfreuen Sie uns sicher mit einer Erzählung Ihrer Erlebnisse mit unserem jüngsten Sohn. Möge der Herr seiner Seele gnädig sein."

Was für eine laue Entschuldigung. Es war schön, wie viel Gnade alle seiner Seele wünschten. Marco konnte sich nicht beklagen, denn er weilte wieder unter den Lebenden.

Als sich seine Mutter von der Schulter seines Vaters löste, musste er ihr einfach zur Unterstützung eilen. Unsicher setzte sie die Füße voreinander, weil sie sich auch nach langen Jahren der Blindheit schwer orientieren konnte. Marco legte den Arm leicht um sie und reichte ihr seine Hand, um sie zum Schreibtisch zu geleiten, den sie anscheinend ansteuern wollte.

„Lassen Sie mich Ihnen helfen, Donna Dandolo." Es fühlte sich gut an, das zu tun. Sie teilten nie viel Nähe, darum hatte er es immer genossen, sie zu stützen. „Entschuldigen Sie bitte, wenn mir diese Geste nicht zustehen sollte."

Seine Mutter presste die Lippen zusammen. „Wie wohlerzogen der Junge doch ist", murmelte sie geistesabwesend, dann tastete sie über den Tisch, an dem Marcos Vater seine Korrespondenz erledigte. Papiere rutschten von dem ordentlichen Stapel.

„Erkennt ihn denn niemand? Es ist Marco!", schrie sie plötzlich schrill und hielt einen Brieföffner in der Hand. „Das ist wider die Natur!"

Ehe Marco etwas tun konnte, stach seine Mutter vehement auf ihn ein. Die Spitze der Klinge drang in seine Schulter. Ihr Angriff war nur schwach ausgeführt, aber sein Vater schliff den Silberdolch regelmäßig. Sofort hatte Marco einen roten Fleck auf dem Hemd, bevor der Schmerz kam.

„Stirb! Stirb, Unhold! Lasse meinen Marcolino aus den Krallen", brüllte sie wie eine Furie und stieß gutturale Laute aus. Speichel lief ihr aus dem Mund und tropfte vom Kinn. Marco starrte in ihre weißen Augen und war sich unsicher, ob sie ihn nicht doch ansah. Noch einmal holte sie aus und traf ihn etwas höher.

Endlich reagierte auch sein Vater. „Was tust du nur, Marietta?" Er sprang vor und fasste ihr Handgelenk, damit sie Marco nicht weiter verletzen konnte. Doch sie wehrte sich mit aller Kraft und versuchte sogar, ihn mit ihren Fingernägeln zu erwischen.

„Er ist ein Wiedergänger! Tötet ihn noch mal, er ist der Satan!"

Mit Marius' Hilfe bändigte Don Franco seine wild kreischende Frau und sie brachten sie hinaus. Draußen wurde sie von ihrer Zofe in Empfang genommen, wie Marco entfernt wahrnahm.

„Mir fehlen die Worte!" Sein Vater kam zu Marco zurück und untersuchte oberflächlich seine Wunden. „Was ist nur in dieses Weib gefahren? Wieso haben Sie sich nicht gewehrt? Sie ist eine alte Frau und Sie stehen in Ihrer Jugend, Baron Chesterfield."

Marco war wie erstarrt. Hätte er seiner Mamma wehtun sollen? Sie hatte recht, er musste eigentlich tot sein. Das war der Abschluss, den er noch gebraucht hatte, um seinem alten Leben endgültig den Rücken zu kehren. Marco Dandolo war gestorben, er mochte noch nicht einmal mehr sein Grab besuchen.

„Wir reisen sofort ab, ich will dieses ungastliche Haus verlassen", entgegnete er kühl. „Sie können froh sein, dass ich keine Genugtuung von Ihnen fordere, Don Dandolo. Aber ich will Marcos Andenken nicht beschmutzen."

Seine eigene Mutter hatte ihn umbringen wollen. Sie konnte nichts von seiner jetzigen Größe ahnen, eigentlich wollte sie ihn am Hals erwischen. In Marcos Innerem wurde es eiskalt und einen solchen Blick warf er seinem Vater zu. „Bemühen Sie sich nicht, wir sind mit dem Boot gekommen, wir werden auch damit zurückrudern."

Das Letzte, was Marco hörte, waren weitere ungelenk vorgetragene Entschuldigungen seines Gastgebers, der die Hände rang. So hatte er diesen stolzen Mann noch nie erlebt und es versöhnte ihn ein wenig.

„Du bist verletzt!", rief Viktor, als Marco endlich zu ihnen nach draußen kam.

Schon die ganze Zeit wartete er in dem Boot auf ihn. Dieser hübsche Bursche hatte ihn aus dem Bett geholt, angekleidet und in die Decke eingewickelt. Die ganze Welt drehte sich um Viktor. Er war noch immer betrunken. Sein Bauch fühlte sich gar nicht gut an und das leichte Schaukeln sorgte nicht gerade für Beruhigung.

„Keine Sorge, das sind nur Fleischwunden, die können wir später versorgen. Aber das Hemd ist versaut", knurrte Marco.

Zu gerne hätte Viktor gewusst, was geschehen war, doch Marco sah sehr angespannt aus. Sein eigener Schädel brummte. Da er sich mit dem jungen Mann nicht hatte unterhalten können, wusste er gerade gar nichts und war noch schlaftrunken. Der Schreck von dem Blut saß allerdings tief.

Es war eine sehr unangenehme Situation für Viktor. Bereits vor einer Begrüßung wurde er in Marcos Elternhaus unsanft wieder verabschiedet, das war mehr als unhöflich. Also war wohl etwas Unvorhergesehenes vorgefallen. Offensichtlich hatte es Handgreiflichkeiten gegeben.

„War unser Besuch hier ein Erfolg?", fragte Viktor vorsichtig und krallte sich krampfhaft an der Bordwand fest, als Marco zu ihnen ins Boot stieg. Der Magen stieg Viktor fast bis in die Kehle.

„Ich erzähle dir alles ganz in Ruhe, Zuccherino." Marco lächelte. „Du wirst gleich die Fische füttern und dann geht es mit den Kopfschmerzen richtig los.

Wir fahren jetzt an Land und suchen uns etwas, wo wir es dir angenehmer machen können."

Als Marco ihn mit dem Kosenamen ansprach, blitzte es amüsiert in den Augen dieses Angelos. Wie er hieß, hatte Viktor bereits mitbekommen, aber es interessierte ihn brennend, wer er war. Seinem Gebaren nach gehörte Angelo wahrscheinlich zu den Bediensteten des Hauses, aber zwischen ihm und Marco schien es etwas Vertrautes zu geben. Viktors Übelkeit war allerdings gerade wichtiger.

Marco setzte sich neben ihn auf die Sitzbank und legte einen Arm um ihn. „Es tut mir leid, Dottore", flüsterte er in sein Haar und stupste ihn mit der Nase an. „Seit wir hier sind, habe ich dich nicht wie einen Gefährten behandelt, aber das wird sich wieder ändern. Ich habe einen Abschluss gefunden und wir können neu beginnen."

Lächelnd betrachtete Viktor Marcos Gesicht, aber gerade begann Angelo, zu rudern. Der saure Geschmack war zuerst in seinem Mund, dann konnte sich Viktor nur noch schnell über das Wasser beugen, bevor er sich übergeben musste. Durch die Decke hing er eingewickelt wie eine Made in Marcos Armen, als er sich die Seele aus dem Leib würgte.

„Siehst du, wie gut ich den süßen Wein kenne?" Zumindest bei Marco schien sein Zustand für Heiterkeit zu sorgen. Viktor stöhnte.

Auch Angelo musste eine Bemerkung dazu machen und dann lachte er gemeinsam mit Marco. Es schmerzte Viktor, so ausgeschlossen zu sein. Er sollte Italienisch lernen! Dringend!

Bisher hatte Marco nicht über ihre Zukunft sprechen wollen. Aber er wirkte jetzt gelöster und schien wirklich einen Punkt gesetzt zu haben. Ihr Aufbruch von England hatte etwas Fluchtartiges gehabt, Viktors Heimat hatte ihnen deutlich gezeigt, nicht länger willkommen zu sein. Jetzt waren sie hier.

Von Angelo ging eine ebensolche Bedrohung aus, wie Viktor sie auch bei Jeremy Whittaker empfunden hatte. Er hatte keinen Einblick in Marcos Gefühle und würde ihn auch nicht bekommen. Alles, was er tun konnte, war, sich auf das zu konzentrieren, was sie beide verband. Aber er befand sich mittellos in der Fremde, verstand die Menschen nicht und hatte keine andere Wahl, als Marco zu vertrauen. Er fühlte sich verloren.

„Lass mich einfach sterben", murmelte Viktor, als sich sein Magen noch einmal zusammenzog und er in den Kanal spuckte. Hätte er wenigstens wieder festen Boden unter den Füßen gehabt.

„Dafür reicht es nicht." Zärtlich strich ihm Marco das Haar aus der Stirn. „Auch, wenn du denkst, dein Kopf würde platzen."

In der Tat, es zog sich ein schmerzhaftes Pochen durch seine Schläfen, während das Boot mit jedem von Angelos Ruderschlägen wackelte, als würden sie gleich kentern. Wie sollte es ihm jemals wieder gut gehen?

„Du bekommst gleich einen Kaffee mit Zitronensaft. Das schmeckt scheußlich, aber es hilft", versprach ihm Marco grinsend. Sicher hatte er darin Erfahrung.

„Ist es noch weit?"

Viktor klang furchtbar. Während er sich an Marco schmiegte, betrachtete er Angelo eingehend, wie er sie mit kräftigen Bewegungen zum Ufer brachte. Es kam immer näher. Die langen Wimpern und dunklen Augen waren wunderschön. Sein lockiges Haar umrahmte ein fein geschnittenes Gesicht, das etwas weicher wirkte im Licht der aufgehenden Sonne. Viktor sollte ihn hassen, aber dazu war er gerade nicht in der Lage.

„Wir sind gleich da, Zuccherino", flüsterte Marco. Sein Herzschlag war ruhig und voll, er verband sich mit dem Hämmern in Viktors Schädel.

Kapitel 11

Marco schmunzelte vor sich hin, als er das Tablett balancierte. Sie waren in einer Bar, die schon früh öffnete und ihren Gästen ein Frühstück anbot. Für Vittorio hatte er einen starken Kaffee bekommen. Der Barista hatte ihm die Zitrone gepresst und den Saft in ein Kännchen gegeben. Zusätzlich verwöhnte Marco seine beiden Männer und sich selbst mit Gebäck und Milchkaffee.

Normalerweise aß er nicht so viel am Morgen, aber sie hatten eine harte Nacht hinter sich und Vittorios Magen war leer. Sein Dottore wirkte bleich, das musste er ändern. Auch Angelo war noch bei ihnen, Marco hatte ihn eingeladen, obwohl ihm Vittorios Blicke nicht entgangen waren. Er hatte noch etwas mit ihm zu besprechen, wobei es Marco ganz recht war, dass Vittorio kein Wort verstand.

„Lass den Kaffee ein wenig abkühlen, dann schütte den ganzen Saft hinein und runter in einem Zug", erklärte ihm Marco, nachdem er alles auf dem Tisch abgestellt hatte. „Wenn du absetzt, fällt es dir umso schwerer, den Rest zu trinken."

„Fiese Medizin", stellte Vittorio fest, folgte aber brav seinen Anweisungen. „Aaaah, das ist ein Höllentrank!"

„Hast du gehört, wie schön die Kaffeemaschine zischt? Wir sollten wiederkommen, wenn es dir besser geht." Marco suchte amüsiert seinen Blick. „Würdest du gern den Sommer mit mir hier an der Lagune verbringen?"

„Falls ich das überleben sollte, wäre es mir eine

Freude." Tapfer schluckte Vittorio und Marco war stolz auf ihn. In den ersten Momenten wollte die ekelhafte Mischung wieder hochkommen, bevor sie ihre lindernde Wirkung entfaltete. Das hatte er ihm mit Absicht nicht gesagt.

„Iss etwas, das beruhigt den Bauch, auch wenn dir nicht danach ist." Er schob Vittorio den Korb mit den Hörnchen rüber und wandte sich dann italienisch an Angelo.

„Sag, hat deine Nonna noch dieses Fremdenzimmer? Wir brauchen eine Bleibe bis wir ein Haus gefunden haben." Vittorio war sicher dankbar für ein Bett, im Moment sackte er in sich zusammen und würde gleich einschlafen. Angelos Großmutter wohnte unweit der Bar.

„Ja, es ist immer vorbereitet für Gäste. Wir können sofort zu ihr gehen." Angelo druckste ein wenig herum. „Signore Marco, gibt es wirklich keine Möglichkeit, bei Ihnen zu bleiben? Ich weiß … Sie gehören zusammen, das merkt man gleich. Aber ich …"

Marco schüttelte den Kopf. „Wir haben einiges hinter uns, Angelo. Du verunsicherst Vittorio. Er spricht nicht unsere Sprache und er weiß nicht, wie wir zueinander stehen."

Voller Verständnis nickte Angelo. „Ich habe mich Ihnen immer sehr gern hingegeben, ohne dafür anhänglich zu werden, si? Ihr Gefährte gefällt mir und wir könnten sicher viel Spaß miteinander haben, aber das muss nicht sein. Es reicht mir, in Ihrer Nähe zu sein und für Sie beide zu sorgen." Er lächelte ihn gewinnend an. „Für den Sommer?"

Diese Unbekümmertheit hatte Marco wirklich vermisst. Aber er konnte sich nicht vorstellen, dass

Vittorio mit einem solchen Arrangement einverstanden wäre. Selbst wenn Angelo sich nur um ihr leibliches Wohl kümmerte und lästige Dinge übernahm. Andererseits würde Marco es genießen, sich verwöhnen zu lassen, ihm hatte die karge Zeit in London gereicht. Auch Vittorio hätte es mehr als verdient. Dolcefarniente. Das süße Nichtstun. Verlockend.

„Wir werden sehen." Gedankenverloren rieb sich Marco das Kinn. „Kennst du das kleine Haus mit den vielen Rosen an der Via del Salso? Es ist zu vermieten."

„Aaaaah, si", antwortete Angelo und verdrehte die Augen. „Es gehört einem *Bekannten* meiner Nonna, Stevio Lucarno. Er jammert dauernd, weil er niemanden findet, der seinen Preis bezahlen will. Ich sage ihm, Ihr nehmt es für die Hälfte." Ein breites Grinsen huschte über sein Gesicht.

So ein Schlitzohr. Wenn Angelo es versprach, konnten sie sich auf ihn verlassen. Vielleicht gab es da doch eine gemeinsame Lösung, die sie alle zufriedenstellte. Zumindest war Angelo neben Vittorio sein einziger Freund.

„Wir brauchen jetzt ein Bett, lass uns gehen. Würdest du mit diesem Stevio einen Besichtigungstermin ausmachen?" Im letzten Moment konnte Marco verhindern, dass sein Dottore vom Stuhl kippte. Er schaute ihn erstaunt an, als er in auffing.

„Habe ich geschlafen?"

„Nur kurz", sagte Marco und küsste ihn sanft. Er sah so übernächtigt aus und trotzdem wunderschön. „Wir haben eine Bleibe. Kannst du laufen?"

Vittorio nickte. „Ich bin nicht krank, nur müde."

„Für jemanden, der sterben wollte, klingt das

schon wieder recht gut." Mit einem Schmunzeln legte Marco ihm den Arm um die Schulter und griff nach der Reisetasche. Er konnte es kaum erwarten, Vittorio vom Ende ihrer Sorgen zu erzählen. Dazu fehlte nur noch das Haus mit dem Rosengarten.

Als sie draußen waren, wunderte er sich, dass Angelo stehenblieb. „Was ist? Kommst du nicht mit zu deiner Nonna?"

„Geht schon mal vor, ich regle das mit Stevio und komme dann nach." Angelo hatte ein Grinsen auf dem Gesicht, die Geschichte machte ihm Spaß.

„Wird sie völlig Fremden das Zimmer geben? Sie kennt mich nicht." Es wäre höflicher gewesen, mit Angelo bei ihr aufzutauchen, auch wenn die Frau wirklich bemerkenswert war.

„Meine Nonna kann sehen, also wirklich sehen. Denke nicht, sie wüsste nicht genau, wen sie vor sich hat."

Nach diesen Worten winkte ihnen Angelo und lief in die andere Richtung. Ein wenig mulmig war es Marco schon, denn er musste mit allem rechnen.

„Wir gehen zu Angelos Großmutter? Vielleicht lässt sie zwei junge Männer gar nicht herein, sie hat doch sicher Angst, wenn sie allein lebt", bemerkte Vittorio durchaus zutreffend, wobei Marco sich solche Skrupel bei ihr nicht vorstellen konnte.

Es waren auch nur ein paar Hundert Meter, bis sie vor der Tür standen, die mit bunten Zeichen verziert war. „Signora Besoni ist so etwas wie eine Wahrsagerin, also wundere dich nicht, wenn es dir vorkommt wie auf dem Jahrmarkt. Angelo ist bei ihr aufgewachsen", erklärte Marco, als er den Gong am Holzrahmen betätigte.

„Ist sie gut?" Vittorios Gesichtsausdruck wirkte sehr skeptisch, was nach den Ereignissen im Ghost Club auch kein Wunder war. Selbst Marco wusste nicht mehr, was er glauben sollte, aber Angelos Begrüßung hatte ihn sehr beeindruckt.

„Treten Sie ein, Signori", hörten sie eine kraftvolle Stimme in englischer Sprache. Dann schwang die Tür auch schon auf und sie sahen ihre Gastgeberin vor sich. Angelos Nonna war keineswegs so, wie man sich eine Großmutter vorstellte, sie war eine dunkelhaarige Frau in den besten Jahren. Hübsch und drall.

Für Marco war sie sehr begehrenswert. Obwohl sie über fünfzig Lenze zählte, hatte sie keine Falten und eine rosige Haut. Den wogenden Busen starrte sogar Vittorio an, in ihrem Kleid kam er gut zur Geltung.

„Viktor Frankenstein." Er hatte zuerst die Überraschung überwunden, obwohl Marco sie bereits kennengelernt hatte. „Meine Verehrung, Signora, ich freue mich, mit jemandem in meiner Heimatsprache reden zu können."

Es verwunderte Marco, wie geschliffen Vittorios Manieren waren, er küsste ihr sogar die Hand. „Baron Jonathan Chesterfield", schloss Marco sich der Vorstellung an und verbeugte sich.

„Ich bin Signora Emilia. Sie kommen aus England, das ist nicht schwer zu erkennen. Aber dich, junger Mann, habe ich bereits getroffen." Die letzte Aussage war an Marco gerichtet und sie musterte ihn eingehend.

Sie führte sie in eine gemütliche Küche, die mit allerlei Zeug vollgestopft war. Auf einen solchen Empfang war Marco zum Glück gefasst gewesen, aber er fühlte sich tief in seinem Innersten ertappt. Was wusste diese Frau über ihn? Und woher?

„Du bist vom Glück verfolgt, Marco Dandolo. Genau in dem Moment, als dein Körper aus diesem Leben getreten ist, muss es eine leere Hülle gegeben haben, um die Seele aufzunehmen. Kann mir jemand erklären, wie es dazu gekommen ist?" Emilia drückte ihn auf einen Stuhl und stellte ihnen dann jeweils eine Tasse hin. „Das besprechen wir am besten bei einem Tee. Signore Viktor benötigt etwas Kräftigendes und er hat schon lange keinen gepflegten Assam mehr getrunken."

Vittorio setzte sich brav auf den anderen Stuhl, den Emilia ihm mit einem Kopfnicken zugewiesen hatte. „Das war … das war meine Schuld", gab er widerstrebend zu und wurde blass. Diese Frau hatte einen Blick, der die Wahrheit förmlich hervorzerrte und das schien ihm zu imponieren. Über Angelo wusste Marco von ihrer weichen Seite, aber im Moment wirkte sie eher furchteinflößend. Unheimlich.

„Ich habe einen toten Körper erwecken wollen. Mithilfe der Forschung, ich bin Wissenschaftler", erklärte der Dottore. „Ich habe lange experimentiert, bis ich mich an dieses große Projekt gewagt habe."

Begleitet von einem Nicken schenkte Emilia ihnen duftenden Tee ein und setzte sich dann zu ihnen. „Die Wissenschaft wird übermütig, sie denkt, sie könnte alles erforschen und selbst erschaffen, wie es der natürlichen Ordnung entspricht. Weil sie dem Irrtum erliegt, alle diese Vorgänge entschlüsselt zu haben." Sie schaute Vittorio lächelnd an. „Aber der Mensch ist keine Maschine, er wird nicht von Dampf und Elektrizität angetrieben, sondern braucht noch eine andere Energie, von der Sie keine Ahnung haben, Signore Viktor."

„Dann war es also ein Zufall, dass ich zur richtigen Zeit am rechten Ort war?", fragte Marco, um sie von Vittorio abzulenken, dem das Unbehagen aufs Gesicht geschrieben stand.

„Ich war auf deiner Beerdigung und habe nichts gespürt, nicht das kleinste bisschen Energie. Normalerweise wohnt die Seele dem irdischen Abschied bei, aber dich scheint es förmlich fortgeschleudert zu haben, armer Junge." Emilias Blick wurde traurig. „Was ist schon Zufall? Vielleicht sollte dich die Kugel zwischen den Augen treffen, weil es einem höheren Zweck dient."

So schlau waren sie auch schon gewesen. Ihre Aussage verursachte zwar eine Gänsehaut in Marcos Nacken, aber neue Erkenntnisse brachte sie nicht.

„Ich weiß, mein Lieber. Aber vielleicht seid ihr der Wahrheit schon sehr nahegekommen. Alles erschließt sich selbst mir nicht." Emilia schenkte ihm einen koketten Augenaufschlag. „Da ist aber noch jemand, der mit der Entwicklung unzufrieden ist."

Hatte Marco laut gedacht? Er wäre fast zurückgezuckt, als Emilia nach seinem Hemdkragen griff und ihn ein wenig herunterschob. Mit einem Finger folgte sie der roten Linie, die von einer der Nähte geblieben war.

„Sie sind ein sehr geschickter Arzt, Signore Viktor. Den biologischen Anteil des Lebens hätten Sie sicher gut bewältigt, wobei ich nicht glaube, diese Wundheilung könnte mit natürlichen Prozessen erklärt werden." Sie hob den Blick und sah ihn fragend an, während es Marco sehr eigenartig zumute war.

Ja, er war etwas Widernatürliches, das hatte man ihm selbst vorgeworfen, als er noch in seinem alten Körper gesteckt hatte. Sein Vater hatte oft harte Worte für seinen Sohn gefunden. Trotzdem war es kein gutes Gefühl, wenn ihn alle totsehen wollten.

„Das ist auch mir unerklärlich, die Genesung hätte nicht so schnell vonstattengehen dürfen", gab Vittorio zu und starrte in seinen Tee.

Emilia fuhr sich mit der Zunge über die Lippe und sah Marco in die Augen. „An diesem schönen Körper hängt noch etwas aus einem alten Leben, das spüre ich deutlich."

Jonathan? Ein eiskalter Schreck durchfuhr Marco. An ihn hatte er seit der Séance kaum noch gedacht, die Ereignisse hatten sich überschlagen. Aber er ging darüber hinweg, als hätte er es nicht gehört. Er musste Emilia ablenken, das wurde ihm zu heiß.

„Wenn er es möchte, wird Vittorio ein berühmter Dottore werden." Marco nahm seine Hand. „Er kann zu der besten Universität gehen und den Menschen helfen mit seinem Können."

„Ka-kann ich?", stammelte Vittorio und Marco nickte. „Wir haben genug Geld, ich musste es mir nur holen."

„Prima." Mit einem breiten Grinsen, das sehr an Angelo erinnerte, räumte Emilia die Tassen ab. „Dann erlaube ich mir, den vollen Preis pro Übernachtung für das Zimmer zu berechnen. Legt euch jetzt hin, werte Gäste, später werden wir zusammen essen wie bei Mamma. Bis dahin habe ich geklärt, wer aus der spirituellen Welt anklopfen will."

***

Als Viktor in den gemütlichen Raum kam, seufzte er. Er sah nur noch das breite Bett, das eine magische Anziehungskraft ausübte. Mit Schwung warf er sich auf die Matratze.

„Diese Frau ist mehr als unheimlich, aber ich mag sie", erklärte er, als er Marco entgegensah. „Wenn ich das Universum erzürnt haben sollte, traue ich ihr allein zu, es vielleicht wieder zu richten."

Marco knöpfte langsam sein Hemd auf und lächelte. „Ja, Emilia ist wirklich etwas Besonderes, das habe ich schon bei unserem ersten Treffen gespürt, als ich Angelo zu seiner Nonna begleitet habe."

„Hast du Gefühle für Angelo?" Entsetzt riss Viktor die Augen auf. Diese Frage war ihm so herausgeschlüpft, er hatte sie nicht stellen wollen. Wahrscheinlich lag es an der Müdigkeit und der Schwere in seinem Kopf.

„Wir hatten früher Spaß miteinander, wenn es sich ergab, aber außer Sympathie ist nie etwas zwischen uns gewesen. Du sollst dir keine Sorgen mehr machen. Nie wieder, Zuccherino." Marco setzte sich zu Viktor aufs Bett und berührte seinen Mund kurz mit den Lippen. „Ich werde mir jetzt das Hemd auswaschen und es schnell in die Sonne hängen. Wenn du bis dahin wach bleibst, erzähle ich dir, was du wissen möchtest."

„Gut." Viktors Lächeln war ein wenig angestrengt. Es war dumm, sich so in diese Angst hineinzusteigern, aber er meinte zumindest, großes Interesse bei Angelo zu spüren. Marco und sein ehemaliger Leibdiener waren so vertraut miteinander, wie Jonathan es mit seinem Jeremy gewesen war. Empfand Viktor Eifersucht auf die Erinnerungen, die Marco in beiden Fällen besaß? Er wusste, wie nah man sich nur bei einem einzigen Gedanken fühlen konnte.

„Du hast dein Leben für die Ehre einer Frau verloren", sagte Viktor leise, als sich Marco neben ihn aufs Bett legte. „Und du hast auf Emilias Brüste gestarrt." Er schluckte, denn ihm war bewusst, wie dumm und unsicher er sich anhören musste.

„Auch du hast ihren wogenden Busen bemerkt." Das unverschämte Grinsen auf Marcos Gesicht ließ Ärger in Viktor hochsteigen.

„Aus vollkommen anderen Gründen", knurrte er. „Du weißt, ich habe ihre Formen nur bewundert, ohne unkeusche Dinge im Kopf zu haben. Ich gebe zu, ich hätte die Brüste gern berührt, weil ich sie nur an toten Frauen kenne."

„Vittorio, du solltest dich reden hören", unterbrach ihn Marco lachend. „Ich werfe einen unschuldigen Blick in Emilias Dekolleté, weil es appetitlich dargeboten wird, und du träumst davon, mit ihrer Üppigkeit zu spielen?"

„Sie sind so voller Leben!" Nachdem ihm diese unbedachten Worte entkommen waren, schaute er Marco mit großen Augen an. „Bitte entschuldige, es steht mir nicht zu, dir Vorwürfe zu machen."

Aber Marco schien belustigt zu sein. „Deine Leidenschaft hat schon immer dem Leben gehört, nicht dem Tod. Darum wolltest du ihn besiegen. Und wenn du ihm auf seinem eigenen Schlachtfeld begegnen musstest."

Für einen Moment schwieg Viktor und dachte über diese Aussage nach. Dann nickte er. „Nachdem ich meine Eltern verloren habe, fühlte ich mich verlassen, ich wollte sie zurückholen. Ich war besessen von dieser Idee, weil ich die Trauer und die Einsamkeit nicht ertragen konnte."

Gedankenverloren fuhren seine Finger in Marcos Haar. „Doch meine Experimente schlugen fehl, ich habe es nicht geschafft, ihre Körper wiederzubeleben, bevor sie der Fäulnis anheimfielen."

Marco riss entsetzt die Augen auf. „Du hast sie nicht wirklich ausgegraben, oder?"

Als er den Kopf hob, schmunzelte Viktor über seinen Gesichtsausdruck. „Nein, zu dem Zeitpunkt habe ich noch an toten Tieren geforscht, die ich zufällig gefunden habe."

Mit einem Seufzer der Erleichterung legte Marco wieder die Arme um ihn. „Du bist zu so tiefer Liebe fähig, Vittorio. Deine Ergebnisse kannst du auch auf die Lebenden anwenden, indem du ihnen bei Lähmungen hilfst, oder vielleicht kannst du auch Herzen wieder zum Schlagen bringen, wenn sie gerade erst verstummt sind."

Es durchfuhr Viktor siedendheiß. Er setzte sich auf und schaute Marco fassungslos an. „Du bist der brillante Kopf von uns beiden! Diese Idee ist so wundervoll!" In seiner Brust pochte es heftig. „Hast du das mit dem Studium ernst gemeint? Du denkst, ich könnte es doch noch bis zu meiner Approbation als Arzt bringen?"

Lächelnd stützte sich Marco auf einen Arm und betrachtete ihn. „Du wirst der Beste sein auf deinem Gebiet. Es stehen dir alle Universitäten offen. Mir ist völlig egal, wo ich meine Bücher schreibe. Ich bin nur fest entschlossen, es zu tun. Gruselige und frivole Geschichten, damit werde ich meine Leser erfreuen."

Viktor glaubte Marco nicht, dass ihm seine Heimat unwichtig war. Warum wollte er den Sommer sonst hier verbringen? Auch ihm gefiel es hier. „Möchtest du ein Haus in Venedig mieten?"

„Ja, es sollte zwar eine Überraschung sein, aber Angelo macht uns gerade einen Termin bei dem Eigentümer des Hauses mit dem Rosengarten. Würdest du dort gerne wohnen?", fragte Marco und Viktor glaubte, seinen Ohren kaum trauen zu können.

„Das … wäre …" Ihm versagten die Worte, darum schmiegte er sich an Marco und küsste ihn ungestüm. „Dort könntest du weltberühmte Werke schreiben, ganz anders als im düsteren London. Wobei es wohl eher deine frivole Ader beflügelt, wenn du den Sonnenschein aufsaugst."

Schmunzelnd schüttelte Marco den Kopf. „Glaube bloß nicht, wir wären im ewigen Sommer. In Venezia regnet es ebenso häufig wie in London und selbst die Temperaturen sind ähnlich. Auch hier kann es ziemlich düster werden."

Trotzdem hatte Viktor noch nie einen derart strahlenden Himmel in England gesehen. „Dann fühlen wir uns beide zuhause und du bist in der Nähe deiner Familie."

Marcos Miene verfinsterte sich. Hatte Viktor etwas Falsches gesagt?

„Du musst deine Eltern wirklich sehr geliebt haben", stellte Marco fest, ohne ihn anzusehen.

„Sie mich auch, ich war ihr einziges Kind, nachdem meine beiden kleinen Schwestern an Cholera erkrankten und starben. Ich habe zusehen müssen, wie sie immer schwächer wurden. Dort hat mein Wunsch, Arzt zu werden, seinen Ursprung." Viktor lächelte wehmütig. „Wie sieht es bei dir aus? Magst du mir erzählen, woher du die Wunden hast, die ich gleich versorgen werde? Das sind Stichverletzungen."

Er schielte zu Marcos Schulter und stellte fest, wie gut schon alles verheilt war. Es schien hauptsächlich an dem Blut zu liegen, dass man überhaupt noch etwas sah. Mit diesem Effekt musste er sich unbedingt näher befassen. Neben Marcos purer Existenz, zählte auch die außergewöhnlich schnelle Genesung zu den ungeklärten Fragen, die sich um ihn rankten.

„Ich habe mich an meinen Eltern gerächt, ohne es auch nur zu wollen", flüsterte Marco niedergeschlagen. „Für meinen Vater habe ich die Familienehre beschmutzt hinterlassen. Er hat einen Edelmann gekränkt, weil ihm unter seinem Dach mehrfach Unrecht widerfahren ist … Ich wurde des Diebstahls bezichtigt und dann tätlich angegriffen. Er steht tief in meiner Schuld. Es war beinahe grausam, aber ich habe ihm keine Gelegenheit gegeben, sich davon reinzuwaschen. Daran wird er noch lange denken, es wird immer ein dunkler Fleck auf seiner weißen Weste bleiben."

Nachdenklich betrachtete Viktor die beiden Stiche. Die Form und Tiefe der Wunden passten nicht zu einer Waffe, die Marcos Vater geführt hätte. „Hat dich deine Mutter verletzt?", fragte er vorsichtig.

„Ja." Marco starrte an die Decke. „Nachdem mich die Kerle in London umbringen wollten, weil ich wie Jonathan aussah, hat mich meine blinde Mutter ebenso erkannt wie Emilia und Angelo. Ich bin eine Ausgeburt der Hölle. Darum hat sie versucht, mich wieder dorthin zurückzuschicken. Mit einem Brieföffner. Auch sie wird schwer darunter leiden, es nicht geschafft zu haben." Er schloss gequält die Augen.

Viktor beugte sich über ihn und küsste seine Lider. Es schmeckte salzig. „Lass uns jetzt schlafen. Danach ist es nicht unbedingt besser, aber es fühlt sich so an."

Sie hatten beide ein neues Leben dringend nötig. Und es wartete auf sie.

***

Viktor lächelte, als seine Lippen zart gestreichelt wurden. So ließ er sich doch gerne wecken. Er spürte Marcos Wärme, genoss das sanfte Gepländel, als er über seine empfindliche Haut leckte und in den Mundwinkel stupste. Nur zu gerne öffnete Viktor sich der geschmeidigen Zunge und erwiderte den Kuss. Im Hintergrund hörte er Marcos vertrautes Schnarchen, das ihn immer an einen schnurrenden Kater erinnerte.

Wohlig streckte er sich, aber dann riss er die Augen auf.

Er traf Angelos dunklen samtigen Blick und zuckte zusammen. Doch als er ihn anlächelte, konnte Viktor nicht anders, als das Lächeln unsicher zurückzugeben. Angelo hatte sich der Sprache bedient, die sie beide beherrschten.

Leise lachend, bedeutete er ihm, mitzukommen. Jetzt war Viktor neugierig und stand behutsam auf, um Marco nicht zu wecken. Sein Herz raste und er kam sich ertappt vor, als Angelo seine ausgebeulte Hose bemerkte. Wie peinlich, aber der Kuss hatte ihm offensichtlich gefallen.

Viktor schlüpfte in sein langes Hemd und folgte Angelo, der noch immer vor sich hin grinste. Wie zu erwarten war, hatte Emilia einen Tee aufgebrüht. „Vielen Dank", sagte Viktor, als er sich an den Küchentisch setzte. Er war noch immer verwirrt. „Gibt es Neuigkeiten?"

Ihre Gastgeberin stellte frisches Gebäck dazu und lächelte sanft, als Angelo sofort zugriff und kräftig kaute. Viktor fiel auch gleich die Familienähnlichkeit auf, sie hatten beide ein fein geschnittenes Gesicht. Wobei sich Emilia wohl nicht rasierte.

„Ja, ich habe mich eingehend mit jemandem unterhalten, der diese Welt nicht verlassen kann oder will. Bitte erklären Sie mir doch mal genau, wie Marcos Seele in diesen ausgesprochen hübschen Körper kommt", bat ihn Emilia. „Und dabei greifen Sie zu."

Nach einem Seufzen erzählte Viktor, was er getan hatte und wie das Experiment verlaufen war. „Mittlerweile weiß ich, wie unentschuldbar diese Dinge waren", fügte er hinzu. „Ich wollte mir einen Gefährten erschaffen, der mich niemals verlässt. Mein Geschöpf. Es sollte nicht genug freien Willen besitzen, um eigene Wege zu gehen, damit es von mir abhängig ist. Vor der Welt verborgen, weil auch ich mein geheimes Verlangen verstecken musste."

Emilia hatte seine Schilderungen mit temperamentvollen Gefühlsäußerungen begleitet, jetzt hatte sie die Tränen in den Augen stehen. „Das ist die traurigste Geschichte, die ich je gehört habe", sagte sie schniefend.

„In meiner Mansarde wollte ich mir eine glückliche Welt aufbauen, die nichts zerstören konnte. Ich wollte etwas Eigenes, etwas, das mir gehörte. Weil mein Leben keinen Sinn hatte und ich mich so machtlos fühlte."

Seine eigenen Worte brachten Viktor zum Zittern. So genau hatte er seine Motive noch nicht beleuchtet und er schämte sich zutiefst für seinen Egoismus. Er hatte seiner Kreatur ein Leben in Gefangenschaft schenken wollen.

„Wie verzweifelt musst du gewesen sein", murmelte Emilia und wischte sich verstohlen über die Augen. Sie schien Viktor jetzt in ihr Herz geschlossen zu haben und vergaß alle Förmlichkeiten. Angelo schaute ebenfalls betroffen, obwohl er nichts verstehen konnte. Aber seine Nonna übersetzte kurz für ihn.

In dieser Verschnaufpause ließ sich Viktor die süßen Brötchen schmecken, die Emilia gebacken hatte. Sie waren wirklich lecker.

„Ich habe gerade gehört, dass dir der Geschmack meines Enkelsohns auch zusagt", bemerkte Emilia amüsiert. „Verstehe ihn bitte nicht falsch, ich soll dir sagen, er möchte euer Spielkamerad sein, wenn ihr ihn akzeptieren würdet. Er respektiert eure Liebe und würde sich niemals zwischen euch drängen."

Sie errötete leicht. „Verzeih, er ist bei mir wohl sehr freizügig großgeworden, aber er denkt sich nichts Böses dabei."

Liebe … Viktor musste hart schlucken. Hatte er wirklich so viel mehr gefunden, als er sich erträumt hatte? Und Angelo wollte die körperlichen Genüsse mit ihnen teilen, die Viktor selbst noch nicht in ihrer ganzen Bandbreite kennengelernt hatte?

„Ich … ich weiß nicht. Es ist sehr schwierig, wenn wir uns nicht unterhalten können. Mein Italienisch ist auf ein paar Schimpfwörter beschränkt, die ich irgendwo aufgeschnappt habe", gab Viktor freimütig zu. Allerdings spürte er, wie der Druck langsam von ihm abfiel, oder vielmehr die Angst. Er glaubte nicht länger, Angelo wollte ihm Marco wegnehmen.

„Dann werdet ihr beide bei mir die Schulbank drücken." Diese Aussage stand im Raum und Emilias entschiedener Gesichtsausdruck duldete keinen Widerspruch. „Ihr könnt euch in der Mitte treffen und von dort bringt ihr euch gegenseitig des anderen Sprache bei."

Viktor nickte. „Vielen Dank, Signora Emilia. Was hat sich denn mit der geistigen Welt ergeben? War es Jonathan Chesterfield? Ist er erzürnt wegen meines Frevels?"

„Er ist ein zorniger junger Mann. Wir sollten ein Ritual durchführen, um ihn endgültig von seinem Körper zu trennen, denn er will seinem Geliebten Jeremy ins Jenseits folgen", sagte Emilia mit sorgenvoll gerunzelter Stirn. „Nur mache ich so etwas auch nicht jeden Tag. Lasst mir Zeit, um ganz sicher zu sein, was zu tun ist. Bis dahin werdet ihr mit ihm leben müssen."

„Jonathan ist noch hier." Diese Erkenntnis hatte auf der Hand gelegen, nachdem sie im Ghost Club mit ihm kommuniziert hatten, aber Viktor wollte es nicht wahrhaben. „Ist er sehr böse auf mich? Ich würde mich gern bei ihm entschuldigen."

Mit einem schelmischen Grinsen räumte Emilia den Tisch ab. „Die Brötchen sind noch für Marco, verfressene Bande. Holen Sie ihn jetzt, Viktor, das Essen ist dann auch gleich fertig. Stevio wartet bereits im Haus auf euch. Ich habe versprochen, ihm die Reste einzupacken, und sie sollen ja noch warm sein."

Viktor atmete tief durch. „Emilia?"

208

„Los jetzt, schnell, schnell! Ich packe euch etwas ein, das ihr als Einzugsgeschenk betrachten könnt. Außerdem habe ich eine Tasche mit frischem Bettzeug und Handtüchern bereitgestellt. Angelo wird euch helfen, ein Heim aus dem Häuschen zu machen. Ihr werdet dort glücklich sein."

Mehr war nicht aus ihr herauszubekommen und sie scheuchte ihn zurück in das Zimmer. Dann würde Viktor jetzt Marco sanft wecken.

Kapitel 12

„Gott im Himmel, ist das schön", flüsterte Viktor, als sie das Haus besichtigt hatten und nun den Garten inspizierten. Angelo war mit Stevio drinnen geblieben, weil er ihrem neuen Vermieter die Köstlichkeiten seiner Nonna auftischen wollte.

„Wird der Wissenschaftler in dir am Ende noch gläubig?" Amüsiert verflocht Marco ihre Finger miteinander und zog ihn an sich, um ihn unter einem Apfelbaum zu küssen. Dann vergrub er das Gesicht an Viktors Hals. „Ich bin ebenso fassungslos, wie schön das Leben sein kann, wenn man den Ballast abwirft."

Viktor schauderte, weil Marcos Atem ihn kitzelte. Genüsslich griff er ihm ins Haar. „Wo ist die nächste Universität, die sich von hier aus gut erreichen lässt?", fragte er.

Erstaunt zog Marco die Augenbrauen hoch. „Ich habe in Padua Philosophie studiert. Für dich gäbe es dort gleich mehrere medizinische Fakultäten. Die Eisenbahn fährt direkt dorthin."

Im Moment war Viktor überwältigt, sein Herz schlug rasend schnell. „Ich weiß nicht, wie groß deine Barschaft ist … aber dieser Stevio will uns das Haus günstig vermieten. Denkst du, wir könnten ein Kaufangebot abgeben? Ich werde dir alles vergelten, sobald ich Geld verdienen kann. Vielleicht gibt es auch hier Leichen zu sezieren."

Mit strahlenden Augen schaute ihn Marco an. „Du möchtest wirklich hierbleiben? Dieser Ort steckt voller Magie. Ich spüre es deutlich. Und wir könnten uns später auch eine dieser Motorkutschen leisten, um dir die Wege zu erleichtern."

„Ja, das möchte ich."

So sicher war sich Viktor selten gewesen. Ein richtiges Zuhause war so weit entfernt von seiner dunklen Mansardenwohnung gewesen, dass er noch nicht einmal gewagt hatte, derart groß zu träumen.

„Dann machen wir es sofort. Ich bezahle den Preis und setze diesen Stevio vor die Tür, wenn er mit dem Essen fertig ist." Marco legte den Arm um Viktors Schultern und schob ihn wieder in Richtung des Hauses.

Als sie drinnen angekommen waren, wandte sich Viktor ihrem Schlafzimmer zu, während Marco in die Küche ging, wo ein riesiger Esstisch stand. Dort schlug sich Stevio gerade den Bauch voll.

Die Räume hatten sich als erstaunlich groß entpuppt und sie waren mit alten Holzmöbeln ausgestattet, die Viktor sehr gefielen. Sie hatten ein zusätzliches Zimmer, das er in Gedanken „Angelos Bleibe" getauft hatte.

Wenn Marco ihn gern als guten Geist einstellen wollte, würde er sich nicht länger dagegen wehren. Vielleicht war es ganz gut, jemanden zu haben, der auch erfahren beim Umgang mit übersinnlichen Mächten war. Das andere … würde sich finden. Es war dumm, auf Eifersucht zu beharren, wenn ihm nichts weggenommen wurde. Er glaubte Emilias Worten und nichts sollte ihren Neubeginn trüben.

„Ah, Signore Vittorio, prego", begrüßte ihn Angelo, als er den großzügigen Schlafraum betrat. Er hatte das Bett bereits bezogen und präsentierte es ihm stolz.

Lächelnd nickte Viktor. „Danke." Plötzlich lag etwas in der Luft, das seinen Puls in die Höhe trieb.

Angelo kam mit funkenden Augen auf ihn zu, dann küsste er Viktor erneut. Die weichen Lippen waren köstlich. Wie beim ersten Mal berührte er ihn sehr sanft, aber Viktor versteifte sich. Davon ließ sich Angelo nicht beirren. Er schaffte es beinahe, dass die Starre von ihm abfiel, indem er immer wieder zärtlich in seine Unterlippe biss.

Es trommelte hart in Viktors Brust. Was würde geschehen, wenn Marco plötzlich hereinkäme? Sie hatten das noch nicht geklärt.

„Questo è un bacio", sagte Angelo ein wenig heiser und zeigte abwechselnd auf ihre Münder.

„Un bacio." Viktor war zwar noch immer perplex, aber es amüsierte ihn, wie sich Angelo den Sprachunterricht vorstellte. „Das ist ein Kuss", wiederholte er für ihn auf Englisch.

„Si tratta di un pene", flüsterte ihm plötzlich Marco von hinten ins Ohr und zog ihn an sich. Die tiefe samtige Stimme weckte Viktors Sinne vollständig. Ganz langsam ließ Marco eine Hand über seinen Hals gleiten, dann über die Brust und den Bauch, bis sie sich über seine Männlichkeit legte. „Hier handelt es sich um einen Penis."

„Ah…ah ja", hauchte Viktor und lehnte sich schwer gegen ihn. Stöhnend schloss er die Augen, als Marco ihn intensiv streichelte. Es war ungewohnt, einen Zuschauer zu haben, aber Viktor empfand Angelos Anwesenheit als angenehm. Sogar auf unbekannte Weise erregend.

„Könntest du dir vorstellen, ihn bei Angelo zu benutzen? Bisher hast du mich mit deinem Körper erfreut, aber ich möchte dir das Erlebnis schenken, deine Härte in die heiße Enge zu schieben." Marco lachte leise, vergrub die Nase in seinem Nackenhaar und verursachte ihm damit eine Gänsehaut. „Bei mir hast du dich noch nicht getraut, aber ich helfe dir."

Viktor vergaß beinahe, Luft zu holen, er bebte am ganzen Leib. Trotzdem war er bereit, sich auf diese Herausforderung einzulassen. Alles war neu für ihn, es machte keinen Unterschied. Seine britische Prüderie sollte Geschichte sein.

Atemlos nickte er und verfolgte gespannt, wie Angelo sich vollkommen unbefangen auszog.

„Wir sind jetzt Hausbesitzer, Zuccherino. Es geht niemanden etwas an, was wir hier treiben", erklärte Marco, während er auch Viktor mit Angelos Hilfe von den Kleidern befreite. Zärtlich strich Marco an seinen Seiten entlang. „Mache deine Erfahrungen mit Angelo, du wirst feststellen: Andere Männer haben auch nur einen Schwanz. Ich möchte, dass du ansonsten mir gehörst."

Diese frivole Rede trieb Viktor die Hitze in die Wangen, doch es war aufregend, wenn Marco so mit ihm sprach. „Ich gehöre ganz und gar dir. Und mit Angelo spielen wir, wenn es uns beiden gefällt", machte Viktor seinen Standpunkt klar. Angelo hatte sich selbst als Spielgefährten bezeichnet – und das sollte er auch einvernehmlich bleiben.

„Prendo olio caldo", sagte Angelo und lief so, wie Gott ihn geschaffen hatte, in die Küche. Ratlos suchte Viktor Marcos Blick.

„Er holt warmes Öl. Und ja, wir werden nur zusammen Angelos Körper genießen." Marco legte sich aufs Bett und zog ihn in seine Arme. „Herzlichen

Glückwunsch, dir gehört dieses Haus samt Grundstück. Morgen kannst du den Vertrag unterschreiben. Es war mir zu unsicher, auf meinen Namen zu kaufen, falls ich meine Identität noch anpassen muss."

Zärtlich knabberte Marco an seinen Lippen. Viktor fühlte sich ganz leicht im Kopf, er konnte kaum begreifen, was er sagte. Statt zu antworten, schälte er seinen Liebsten aus dem Hemd und ließ dann die Beinkleider folgen. Er musste ihn jetzt spüren, ganz nah.

Da kam Angelo zurück. „Scusi, Signori", entschuldigte er sich und stellte die Schale auf den Nachtschrank. Die Zeit zum Reden war vorbei.

Angelo legte sich zu ihnen, dann beugte er sich über sie und küsste sie beide, bis es ein sinnlicher Tanz ihrer Zungen war. Samtig umschlangen sie sich und Viktor ließ sich fallen in diesen Rausch. Er fühlte die weiche Haut ihrer Körper aneinanderreiben, wusste nicht mehr, wo er begann und aufhörte. Marcos und Angelos Hände waren überall, er genoss es, von ihnen berührt zu werden. Eine unbekannte Hitze durchflutete ihn.

„Komm, wir bereiten Angelo vor", flüsterte Marco rau und reichte Viktor die Schale. „Fette deine Fingerspitzen ein."

Nur ungern verließ Viktor die Sicherheit, die ihn so sanft umfangen hatte. Sein Bewusstsein kam wieder ins Boot und er wurde doch ein wenig nervös. Er wusste, wie es sich anfühlte, wenn Marco es bei ihm tat, aber er selbst war noch nie aktiv geworden.

„Gefällt er dir?", fragte Marco und strich über Angelos Pobacken, nachdem er sich bereitwillig auf den Bauch gedreht hatte. „Er ist so zart, sein ganzer

Körper ist rasiert. Die Haut ist genauso weich wie die einer Frau."

„Nur leider hat er keine Brüste." Viktor lachte unsicher. „Das war ein Witz, entschuldige." Die Faszination von Emilias Oberweite hatte wieder nachgelassen. Er hatte sie nur beachtlich gefunden.

„Spaßvogel", sagte Marco schmunzelnd. „Demnächst darfst du deine Studien gerne an mir weiterführen, aber heute kümmern wir uns gemeinsam um Angelo."

Er zog die Backen auseinander und leckte kurz durch die Spalte. Auffordernd schaute er Viktor an. „Koste mal, er schmeckt gut."

Viktor schluckte vor Aufregung. Alles an Angelo wirkte rosig und sauber, da musste er keine Bedenken haben. Zögernd beugte er sich hinunter und nahm den Duft auf. Es war erstaunlich, was der mit ihm anstellte, er drückte seine Nase tief hinein in die Spalte, um dann seine Zunge an den verbotenen Früchten teilhaben zu lassen. Es schmeckte ein wenig herb und es hatte etwas Sündhaftes, das Viktor gefiel. Oh, er wünschte, es wäre Marco, den er unter seinen Berührungen erbeben ließ.

„Oh mio Dio, si, mi cazzo con la lingua!", schrie Angelo auf.

„Das übersetze ich dir lieber nicht." Marco lachte leise und rieb über seine eigene Männlichkeit, die bereits wunderschön und vor Verlangen tropfend vor seinem Bauch stand. „Er hätte wohl gern mehr von deiner Zunge, aber jetzt bekommt er es gleich handfester."

Schmunzelnd tauchte Viktor wieder ab in das duftende Tal und war wie elektrisiert, als Marco es ihm gleichtat und sie gemeinsam leckten. Mit zärtlichen Küssen teilten sie sich Angelos Geschmack. Es war ein sinnlicher Akt der Verführung, denn ihr Gespiele wimmerte und zuckte. Diese hilflose Lust, das Ausgeliefertsein brachte eine Saite in Viktor zum Schwingen. Er wäre gern an seiner Stelle gewesen.

Mit der Fingerspitze fuhr Marco Angelo über den Anus und verrieb eine Menge von dem Schmiermittel. „Ertaste die Prostata, Dottore. Du weißt doch, wo sie ist."

Angelo stöhnte leise, als Viktor ihn dort ebenfalls streichelte. Wie schön es sich anfühlte, den Muskel zu erforschen und sanft in ihn einzudringen. Durch das Öl war es ein Leichtes, die Barriere zu überwinden. Dieser Körper war biegsam und wirkte verletzlich, aber sicher war Angelo hart im Nehmen.

„Du musst nicht zaghaft sein, er verträgt so einiges. Manchmal treibt sich Angelo in zwielichtigen Bars herum und kommt übel zugerichtet wieder zurück. Für ihn ist das Vergnügen, aber ich habe ihn auch schon einmal notdürftig zusammenflicken müssen", erklärte Marco, während er ebenfalls an dem Ringmuskel spielte. „Machen wir es zusammen, ich weise dir den Weg."

Sein gezielter Griff sagte Viktor, dass Marco nicht länger von den Fingern sprach, denn er umfasste seine Härte und fettete sie beim Massieren ein. Dabei fanden sich erneut ihre Lippen und sie küssten sich voller Verlangen. Vor Aufregung atmete Viktor immer schneller.

Dann dirigierte Marco ihn zwischen Angelos Schenkel, die er bereitwillig für ihn spreizte. „Entspanne dich", raunte er ihm zu und plötzlich fühlte

Viktor, wie auch in ihn ein Finger eindrang. „Wir verbinden uns alle drei miteinander. Vertrau mir, du wirst im Himmel sein."

„Was?" Er hatte gar keine Zeit, darüber nachzudenken, denn Marco setzte Viktors Männlichkeit bei Angelo an und schon glitt sie in den willigen Körper. Die Enge war beinahe zu viel. Sie war warm und rieb Viktors Erektion so heftig, dass er um ein Haar sofort den Höhepunkt erreicht hätte. Welch innige Vereinigung! Er wollte das bei nächster Gelegenheit mit Marco vertiefen.

„Bellissima", hauchte Angelo und stemmte ihm sein Hinterteil entgegen. Viktor wäre fast vergangen vor Wonne, als Marco ihn ebenfalls penetrierte und weit dehnte. Die Reize überwältigten ihn. Er stützte sich an der Matratze ab, damit Angelo nicht das volle Gewicht tragen musste.

Als sich Marco und Angelo gemeinsam bewegten, raubte es Viktor schier die Sinne. Sein Unterleib stand in Flammen. Er wollte schreien und gleichzeitig verließ ihn die Kraft. Aber es war unglaublich intensiv. Sie fanden ihren Rhythmus. Reiben. Tiefes Eindringen.

Viel zu schnell riss Viktor die Woge der Lust in den Abgrund, um dann überschäumend mit ihm in die Höhe zu schießen. Sein ganzer Leib wurde von diesem Gefühl erfasst und zuckte in wilder Ekstase.

„Näher kannst du den Sternen nicht kommen, Zuccherino", flüsterte Marco, als er ihn in den Armen hielt und atemlos küsste. Er war schweißüberströmt. Angelo hatte sich Viktor zugewendet, nachdem er sich auf die Seite gedreht hatte. Sie alle zitterten und streichelten sich gegenseitig.

Falls es so etwas gab, war es ein Moment vollkommener Harmonie.

***

„Darf Angelo bleiben? Du wirst für dein Studium lernen müssen und ich schreibe, was das Zeug hält. Jemand sollte kochen, waschen, putzen … und hin und wieder unser Liebesleben bereichern."

Marco schmunzelte und zog die Decke über sich und Vittorio. Er war guter Dinge und genoss es, ihn zu jeder Zeit spüren zu können. Hmm, der Duft der Liebe hatte sich in ihren Laken gefangen.

„Natürlich kann er bleiben", gab Vittorio zurück und lachte, denn sie hörten Angelo singend das Zimmer gegenüber vorbereiten. Mit Sicherheit richtete er es bereits für seinen Einzug her, wie Marco das Schlitzohr einschätzte.

„Aber was sagen die Leute? Wir wohnen hier sehr auffällig zwischen wenigen Nachbarn. Denkst du nicht, es wird Gerede geben?"

Selbst unter der Decke konnte Marco sehen, wie Vittorio eine heftige Röte überzog.

„Natürlich wird es Gerede geben, immerhin bieten wir ihnen einen guten Anlass. Aber wir sind hier keiner Verfolgung ausgesetzt. Mit schrägen Blicken können wir umgehen, oder? Venezia schaut zurück auf eine frivole Vergangenheit." Zärtlich knabberte Marco sich über Vittorios Kehlkopf und Kinn zu seinem Mund. „Es reicht vollkommen, wenn wir in der Öffentlichkeit brav sind", flüsterte er vor seinen Lippen und küsste ihn.

„Un bacio." Vittorio grinste verlegen. „Ich lerne."

218

Die Erinnerung an ihre gemeinsamen Erkundungen der menschlichen Anatomie gefiel Marco und er hätte Vittorios Lernfortschritte gern überprüft, aber ihm lag etwas anderes auf dem Herzen. Etwas, was er ihm schon länger sagen wollte.

„Du bist so voller Neugier, Dottore, weil dein Leben erst jetzt richtig beginnt. In der Vergangenheit warst du gefangen in deinen Ängsten und getrieben von der Leidenschaft, deine Einsamkeit zu beenden", hauchte er ihm ins Ohr und zupfte kurz daran.

Dann schaute Marco Vittorio tief in die Augen. Dort wurde es feucht. „Jetzt ist alles anders. Du hast mich an deiner Seite und ich bleibe dort nach freiem Willen. In meinem letzten Leben habe ich den Schmerz gefürchtet und ließ niemanden näher an mich heran. Doch meine Seele ist geläutert, ich habe dazugelernt."

Marco küsste eine Träne von Vittorios Wange und lächelte. „L'amore ist nichts für Feiglinge und ich habe diesen Mut dank dir. Du hast dich sogar mit dem Universum angelegt, um mich zurückzuholen. Deshalb habe ich dir vorgeworfen, mich um das Paradies betrogen zu haben. Aber ich habe es in dir gefunden."

***

1892, Venezia, ca. 3 Wochen später

"L'ufficio postale è qui!", rief Angelo und Marco hob den Kopf. Es war das erste Mal, dass sie Post erreichte. Bisher hatte er nur dem „The Strand" seine neue Adresse telegrafiert, damit sie ihn bezüglich seiner

Manuskripte erreichen konnten.

Marco saß in seiner Schreibecke, die er sich auf der Terrasse eingerichtet hatte, und genoss die Sonne. Erwartungsvoll ging er hinein und machte einen langen Hals ins Schlafzimmer, bevor er zu ihrem Hauskobold ging.

„Zeig mal her." Er lenkte Angelo ab, indem er ihm in die Halsbeuge biss, und nahm ihm den Umschlag aus der Hand. Vittorio hatte nicht auf den Ruf reagiert, weil er sich mit irgend einem Karton beschäftigte, also riss Marco den Brief erwartungsvoll auf.

„Dottore! Komm her, das musst du dir unbedingt ansehen!" Aufgeregt wedelte Marco mit dem Blatt, das den Briefkopf des Londoner Magazins trug.

„Ja, ja, ich komme gleich", antwortete Vittorio aus dem Nebenraum.

Was trieb er da nur ganz allein? Auf dem Bett wälzten sie sich normalerweise gemeinsam. Marco streckte den Kopf zur Tür herein und sah gerade noch, wie Vittorio etwas hinter seinem Rücken versteckte.

„Haben wir neuerdings Geheimnisse voreinander?", fragte Marco ein wenig enttäuscht. „Ich wollte dir gerade verkünden, dass ‚The Strand' einen Verleger für meine erste Geschichte gefunden hat. Und von dem geplanten Nachfolger sind sie auch angetan, ich soll die Erzählung schnellstmöglich fertigstellen."

„Worum geht es in deinem neusten Werk eigentlich?" Ganz offensichtlich versuchte Vittorio, ihn abzulenken. Aber Marco hatte bereits gesehen, was er vor ihm verbergen wollte.

„Ein Ouija-Board?" Jetzt war er doch wirklich

überrascht. „Woher hast du es und warum zeigst du es mir nicht?"

Vittorio lächelte verlegen und schob es ihm rüber, nachdem Marco sich zu ihm aufs Bett gesetzt hatte. „Emilia hat es uns zum Einzug geschenkt, aber ich habe das Paket auf dem Schrank ganz vergessen. Ich hatte es dorthingelegt, …"

„… damit ich es nicht finde", vervollständigte Marco seinen Satz. „Du wusstest doch, ich wollte so ein Brett haben, um damit herumzuspielen." So ganz konnte Marco Vittorios Verhalten nicht nachvollziehen, es sei denn, er versuchte, ihn vor etwas zu schützen.

„Es ist kein Spiel, Marco. Ich habe es dir nicht gesagt, aber Emilia meint, Jonathans Seele wäre noch hier. Er hängt an deinem Körper und kann sich nur durch ein Ritual von ihm lösen. Sie arbeitet bereits daran." Vittorio schwieg, dann fügte er kleinlaut hinzu: „Jonathan ist wütend, weil er Jeremy nicht folgen kann. Leider spricht er nicht mit mir, aber ich habe bereits eine gewisse Francesca kennengelernt, die behauptet, in diesem Haus gewohnt zu haben."

Mit einem Lachen zog Marco den Dottore an sich. „Du musst mich nicht vor Jonathan beschützen. Anscheinend habe ich auch ein kleines Geheimnis vor dir …" Marco atmete tief durch. „Wir reden miteinander, wenn er mich besucht. Ich brauche kein Hilfsmittel, um ihn zu hören. Er ist nicht länger zornig. Aber du solltest vorsichtig sein, nicht alle möglichen Geister in unser Heim einzuladen. Sie können manchmal sehr schwierig sein."

„Ist das dein Ernst?", fragte Vittorio mit großen Augen. „Dann wissen wir ziemlich sicher, dass die

Seele im Kopf oder im Herzen angesiedelt ist. Wahrscheinlich kann er sich nicht von seinen Überresten verabschieden, weil sie nicht vergehen, sondern wieder zum Leben erwacht sind."

Solche Überlegungen hatte Marco auch angestellt und nickte. „Das wäre damit erwiesen, aber du kannst es leider nicht belegen."

Für eine Sekunde flackerte es gefährlich in Vittorios Augen, aber dann grinste er breit. „Keine Sorge, ich mache keine Experimente mehr mit dem Tod."

Marco lachte. „Mein neues Buch handelt übrigens von zwei jungen Männern und einem Geist. Leider sind sie nur Freunde, aber ich hätte die Geschichte gern etwas avantgardistischer gestaltet. Da ich nicht über Liebe schreiben darf, bekommen die Leute eine Horrorstory."

In diesem Moment bewegte sich die Planchette über das Brett. Ihre Ausführung des Boards verfügte über ein Feld, auf dem „Hallo" stand. Ganz langsam rutschte der Zeiger darauf und begrüßte sie. Dann buchstabierte er in aller Seelenruhe:

„J-O-N-A-T-H-A-N."

Wo Liebe nicht ist, wird es gruselig.

SEELENSPUR

Als E-Book oder Print erhältlich!

1125 A.D., Heiliges Römisches Reich Deutscher Nation

Arun, Sohn des Grafen von Holstein, erlebt schöne Stunden mit seinem Geliebten Bone. Doch ihr Glück findet ein jähes Ende: Aruns Vater tötet Bone. Voller Verzweiflung macht sich Arun auf, Bones Seele zu folgen – durch Raum und Zeit. Im Laufe seiner Reisen lernen wir, diese Epochen durch seine Augen zu sehen, und schmunzeln nicht selten über seinen Blickwinkel. Zeitenwächter Gerrick stellt Aruns Geduld dabei auf die Probe, weil er ihn immer wieder aufs Neue in ein Abenteuer schickt. Was treibt er für ein Spiel mit ihm? Vom Hier und Jetzt, dem französischen Widerstand im Zweiten Weltkrieg über die Piraten- und Hippiezeit, sowie die Sklaverei auf einer Plantage und die höfischen Intrigen von Versailles lässt Arun nichts aus …

Acht Episoden plus Bonusgeschichte

Nicole Henser

GESAMTAUSGABE

SEELEN-SPUR

Usher ist Dämonenjäger. Ohne es zu wollen, ist er in eine magische und sehr erotische Welt geschliddert. Vampire, Dämonen und andere Wesen begleiten ihn.

In einer Reihe von Kurz-romanen und Romanen entführt Usher charmant in seine Geschichte. Wenn er liebt, dann sind es beide Geschlechter gleichermaßen.
Es wird aber nicht nur sinnlich, sondern auch höchst spannend ... denn Usher ist kein Mensch und er hat eine wichtige Aufgabe.